방구석 일기도
**에세이가 될 수 있습니다**

# 방구석 일기도
# 에세이가 될 수 있습니다

끌리는
이야기를 만드는
글쓰기 기술

Bestseller!

도제희 지음

**글감 찾기부터 절묘한 테크닉까지
단순하지만 확실한 공식**

더퀘스트

# 에세이를 쓰려는 용자들에게

대문호가 될 것도 아닌데, 글이란 그냥 쓰면 된다고 생각했습니다. 소설이든 에세이든 의도하는 말을 잘 정리하면 된다고요. 쓰고 싶은 마음이 든다면 재능이 있는 거란 생각도 들었습니다. 작법서가 매우 많다는 사실을 알았을 때 놀랐지요. 단순히 읽고 쓰기만 하면 된다는 판단이 꼭 맞진 않구나 싶을 무렵이었습니다.

한 도서관에서 '에세이 쓰기'라는 강연을 요청받았습니다. 다시 한번 깨달았어요. 글쓰기라는 게 무작정 한다고 잘되진 않으니까 이런 강연도 있겠지. 그 강연의 내용을 이렇게 한데 모으게 되었습니다.

좋은 글의 기본은 어휘력과 정확한 문장이겠지만, 그에 앞선 특징들이 있다고 생각합니다. '풍부한 어휘와 문법에 충실한 문장이 가득한 글', '비문투성이지만 재미있고 통찰력 있는 글' 중 하나만을 선택하라면 저는 뒤쪽입니다. 어휘와 문장은 연습하면 일정 수준에 이를 수 있지만, 좋은 글의 특징을 놓친다면 그건 단순 기술에 그치고 맙니다. 이 책은 좋은 에세이의 특징이 무엇인지 하나하나 짚어보고 그것을 자신의 글에 반영하도록 돕는 안내서입니다.

에세이란 일상에서 겪는 평범한 순간을 포착해 보편적인 삶의 의미를 끌어내는 글입니다. 그것을 어떤 형식으로 펼쳐 보이느냐에는 정답이 없겠으나 제가 재미있고 훌륭하다고 느낀 에세이들은 공통점이 있었습니다. '어휘력과 정확한 문장'은 그 특징들 가운데 하나일 뿐입니다. 이제 그러한 특징들을 살펴볼 텐데요, 이미 알고 계신 내용이 있다면 내 글에 잘 담겼는지 짚어보는 차원에서, 새로운 내용이 있다면 시도해볼 도전거리로 여겨주시면 감사하겠습니다.

이 책의 장점 중 하나는 장마다 주제에 맞게 직접 써보는 실습란이 있고, 다 읽고 따라서 쓰고 나면 한 편의 에세이가 완성된다는 것입니다. 물론 꼭 이 순서에 따를 필요는 없지만, 좋은 에세이의 특징을 한 가지씩 더해가면 정말 괜찮은 글 한 편이 완성되는지 시험 삼아 해보시는 것도 재미있지 않을까요.

사람에겐 누구나 자기표현의 욕구가 있습니다. 소셜 미디어에 사진과 단문을 게시하는 것도 그러한 표현법 중 하나입니다. 패션으로 가치관을 드러내기도 하지요. 거기에서 더 깊이 그리고 정확하게 표현하고자 하는 사람이 별도의 글을 씁니다. 그 글은 소설일 수도 있고 에세이일 수도 있지요. 소설은 우회적인, 에세이는 직설적인 자기표현법입니다. 무엇이 더 용기가 필요한 분야냐고 묻는다면 저는 주저 없이 에세이라고 말하겠습니다. 자기 이야기와 생각을 허구가 아닌 다큐로 쓰고 싶어 하는 분들의 용기를 접하면 언제나 감탄이 나옵니다. '이야, 저 사람은 용자다!'

이제 겨우 수필집 한 권 내본 제가 이런 책을 내도 될지 고민이 됐습니다. 하지만 선수 경험이 적은 사람이 훌륭한 스포츠 감독이 되기도 하듯 저 역시 용기를 냈습니다. 20년 가까이 도서 편집자로 일해온 경험도 이 글을 쓰는 데에 도움이 됐습니다. 자신만의 이야기를 과감하게 펼쳐 보이고자 하는 뭇 용자에게 이 책이 미미하게라도 어떤 역할을 한다면 저는 기뻐서 어쩔 줄 모를 겁니다.

# 차례

# 1장

# 에세이가 뭐라고

고백하자면 저는 소설을 더 좋아합니다. 픽션에는 기승전결이 있어서 그다음이 어떻게 될지 궁금해지고, 참신한 발상을 만나면 감탄이 절로 나옵니다. 그 순간 제 창작욕이 건드려지면서 도파민이 분비되는 느낌이 아주 그만입니다. 그런데도 첫 책으로 소설집이 아닌 에세이를 펴냈습니다. 소설에 재능이 부족했구나, 누군가 제 어깨를 두드리며 그렇게 말한다면, 흑, 네 맞습니다만 다른 이유를 하나 더 짚자면, 그땐 에세이를 쓸 수밖에 없었다는 생각이 듭니다. 사소하지만 나름의 어떤 어려움을 겪고 있었는데요, 소설이 아닌 에세이를 쓴 덕분에 생각과 마음을 다스릴 수 있었습니다.

에세이란 뭘까요. 뭐길래 이렇게 한 인간의 삶을 다독여줄까요. 게다 소설을 더 좋아하는 사람을 움직여 자신을 쓰게 만드는 게 에세이라면 우리는 이 장르가 무엇인지 좀 더 생각해볼 필요가 있습니다.

### 세상에서
### 가장 자유로운 글

프롤로그에서 에세이란 "일상에서 겪는 평범한 순간을 포착해 보편적인 삶의 의미를 끌어내는 글"이라고 말씀드렸습니다만 정확한 사전적 의미에 접근해보겠습니다. 에세이를 우리말로 하면 '수필'입니다. 표준국어대사전에서는 수필을 이렇게 정의합니다.

> 일정한 형식을 따르지 않고 인생이나 자연 또는 일상생활에서의 느낌이나 체험을 생각나는 대로 쓴 산문 형식의 글.

어떤 소재든 수필이 될 수 있다는 뜻이고, 산문이기만 하다면 형식도 상관없다는 말입니다. 가령, 오늘 친구와 싸운 뒤 속상한 마음에 쓴 일기, 혹은 사과의 편지도 한 편의 에세이가 될 수 있습니다.

이렇게 소재와 형식에서 자유로운 글이 수필이다 보니 내용의 무게에 따라 구분하기도 하더군요. 무거우면 중수필, 가벼우면 경수필이라는 거지요. 비평적 수필이나 과학 수필처럼 논리적이거나 객관적인 글은 중수필에 해당합니다. 널리 알려진 중수필 몇 가지를 살펴볼까요.

《생명이 있는 것은 다 아름답다》(효형출판, 2001)는 생태학자이자 동물행동학자인 최재천이 다양한 동물의 생태적 특성과 한국의 정치, 사회, 경제, 문화적 이슈를 연결해 나아가야 할 방향을 제안하는 과학 수필입니다. 시인을 꿈꾸었던 과학자답게 간결하고 유려한 문체로 인간 사회와 동물 세계를 연결하는 솜씨가 예리하고 탁월합니다. 대중이 이해하기 쉬운 수준에서 자연과학적 지식을 풀어가면서 우리 사회가 동물 세계에서 얻어야 할 교훈을 던져주는데요, 초판이 출간된 지 20여 년이 지났음에도 독자들에게 큰 사랑을 받고 있는 수필이자 교양서입니다.

19세기 미국의 저술가이자 사상가인 헨리 데이비드 소로의 《월든》은 하버드 대학교를 졸업하고도 숲속 오두막에서 살면서 육체노동으로 생계를 이어간 저자의 이야기에 사회과학적 관점을 더한 에세이입니다. 문명사회를 비판하고, 어떤 체제에도 구속받지 않으려는 선언문이기도 한 이 책은 사회 속 개인이란 무엇인지 깊이 숙고해보게 합니다.

알랭 드 보통의《불안》은 현대인의 삶에 깊이 잠식한 불안이 어디에서 기인하는가를 사회심리학적 관점에서 분석하고, 여기에 철학, 예술, 정치, 종교 등의 자료를 근거로 나름의 해소법을 제안하는 에세이입니다. 유머가 가미돼 있어서 읽는 동안 자주 웃게 되는 책이기도 합니다.

20세기 여성주의 문학의 획을 그은 에세이《자기만의 방》은 버지니아 울프가 가부장제와 성불평등을 예리하게 비판한 글로서, 지금까지도 다양한 번역본이 출간되는 고전입니다. 여성에게는 독립된 방과 돈이 있어야 한다고 너무 간단하게 요약되곤 하는 이 에세이는 기실 글쓰기에서 여성이 왜 소외돼왔는가를 시작으로, 인간사에서 여성의 삶 전체를 사회적 맥락으로 짚어보는 에세이입니다. 당대 여성 칼리지의 학생들을 대상으로 한 강연의 내용을 담은 글로서 강연문이 에세이가 된 사례입니다.

이런 중수필의 특징을 한마디로 요약하면 유용한 지식과 정보를 담아 지은이의 주장, 사색, 분석의 결과를 논리적으로 전개하되, 독자가 비교적 읽기 편하게 에세이 형식을 취해 풀어냈다는 것입니다.

반면 생활 주변에서 일어나는 사소한 일을 소재로 가볍게 쓴 감상적이고 주관적이고 정서적인 신변잡기 수필은 경수 필이라고 합니다. 이 경수필의 장점은 주변에서 흔히 보는 소재를 다루기 때문에 공감대를 널리 형성할 수 있고, 그런 만큼 전문가가 아니어도 누구나 쓸 수 있다는 점입니다.

《죽고 싶지만 떡볶이는 먹고 싶어》는 기분부전장애가 있는 저자가 자신의 정신과 전문의와 12주간 이어온 대화를 엮은 에세이입니다. 지극히 개인적인 정신과 상담 일기가 불안 심리에 유난히 많이 노출된 국내 독자의 공감을 사 공전의 히트를 쳤습니다.

《사는 게 뭐라고》는 이제는 고인이 된 사노 요코가 세상을 떠나기 2년 전까지 쓴 생활 기록을 모은 일상 에세이입니다. 사노 요코의 간결하고 시원시원한 문체, 더없이 솔직하게 풀어낸 예술가의 내면이 독자에게 매력적으로 가닿으며 스테디셀러로 자리매김했습니다.

일본에 사노 요코가 있다면 우리나라엔 장명숙이 있습니다. 《햇빛은 찬란하고 인생은 귀하니까요》는 1950년대에 태어난 여성이 패션디자이너가 돼 남다르게 살아온 인생사를 공유하며 젊은이들에게 큰 위로와 공감을 주는 에세이입니다. 이 글은 사노 요코의 글처럼 유머러스하지는 않지만 직선적인 솔직함과 삶의 지혜가 간결하게 담겨 있어 많은 독자에게 울림을 주고 있습니다.

마지막으로, 역시 공전의 히트를 치고 싶었지만 차마 그러지는 못했던 제 책《난데없이 도스토옙스키》역시 경수필에 해당합니다. 도스토옙스키의 작품과 사사로운 인생사를 엮은 에세이입니다. 도스토옙스키란 이름이 없었다면 과연 몇 명의 독자에게 읽혔을지 알 수 없지만 더러는 의외로 유익했다는 평을 받은 책이랄까요.

경수필이 가벼운 소재를 다룬다고 해서 메시지가 가볍지는 않은 법입니다. 경수필의 힘은 독자에게 '편하게 읽어서 좋은데 남는 것도 많다니, 야호 개이득이다' 이런 인상을 주는 데 있습니다. 사실 경수필과 중수필의 경계를 나누기 어려운 책도 많습니다. 앞에서 살펴본 최재천의《생명이 있는 것은 다 아름답다》역시 객관적이며 논리적인 전개에 더해 사사로운 개인사를 포함하기도 합니다. 다만, 굳이 구분해본다면, 통밀빵처럼 퍽퍽한 질감 탓에 천천히 오래 씹어야 하는 밀도 높은 글은 중수필, 카스텔라처럼 부드러워서 입에 넣는 순간 녹아내리는 낮은 밀도의 글은 경수필이라고 할 수 있겠습니다. 독자는 저마다 취향에 따라 선택해 읽을 따름이지, 무엇이 더 고급 문학이다 아니다 할 수는 없습니다.

## 인문서,
## 자기계발서와 무엇이 다를까

내용의 무게에 따라 개념을 살펴보았지만, 근래 출간되는 에세이를 보면 경계가 모호한 책이 많습니다. 심리학서 같기도 하고, 자기계발서 같기도 하고, 과학서나 인문서 같은데 에세이로 묶여 있습니다. 중수필이 논리와 사색, 분석적인 전개를 펼치는 에세이이니 분야가 교차되는 에세이가 있는 건 자연스러운 현상이겠지만, 이렇게 에세이가 넘보는 다른 분야가 다양해지고 있다는 점은 수필가라면 주목할 만한 현상입니다.

수년간 베스트셀러에 자리하고 있는 《나는 나로 살기로 했다》는 당차고도 리듬감 있는 제목을 지닌 에세이면서 동시에 자기계발 콘셉트도 무척 강합니다. 실제로 표지 카피를 보면 'to do list'가 정리돼 있기도 해요. 사회생활에서 이런 마음가짐과 태도를 지니면 자신을 지킬 수 있다고 말해줍니다. 재미있게도 인용되는 글은 사회학서와 심리학서가 많습니다. 계속 읽다 보면 개인이 사적인 관계나 사회생활에서 힘들어지는 심리적 원인을 조금은 근본적인 관점에서 이해하도록 해 독자가 마음과 생각을 짚어보도록 이끕니다. 반면 어조는 찬찬하고 다정하고 감각적이지요. 에세이 문체로서 더할 나위 없습니다.

《물고기는 존재하지 않는다》역시 여러 갈래가 뒤섞인 글입니다. 지은이는 본인의 개인사와 데이비드 스타 조던이라는 생물학자의 삶을 교차로 엮어가더니, 데이비드가 자신이 생각했던 인물이 아니었단 사실에 절망하는가 싶더니, 거기에서 바로 주제의식을 이끌어냄으로써 책 전체를 역동적으로 이끌어갑니다. 지은이 개인사를 담은 경수필인 동시에 데이비드 스타 조던이란 학자의 인생사를 개괄한 전기인 동시에 생물학을 다룬 과학 수필이면서, 생물 진화의 계통을 연구하는 분기학이란 학문을 토대로 '사회의 주류 체제 거부'라는 메시지를 던지는 중수필이기도 합니다. 이런 복합적인 면이 독자에게 의외성으로 작용해 큰 울림을 주고 있습니다.

《나는 자주 죽고 싶었고, 가끔 정말 살고 싶었다》는 부제 그대로 "조현병을 이겨낸 노르웨이 심리학자가 전하는 삶의 찬가"입니다. 심리학자를 꿈꾸었던 우등생 아른힐 레우뱅은 10대 후반 환각을 겪으면서 조현병 투병기에 들어섭니다. 진솔하게 자신의 경험을 공유하면서 그 위에 의학적 심리학적 접근을 더해 조현병에 대한 세간의 편견과 잘못된 상식을 바로잡아주고, 환자와 가족들에게 희망을 전해주는 에세이입니다.

이런 장르의 혼종은 왜 나타날까요? 여러 이유가 있겠지만, 크게 두 가지 때문으로 보입니다. 자기계발서는 기본적으로 '투 두 리스트' 입장을 취하고 있습니다. '숙제 부과'죠. 독서 자체도 일스러운데, 다 읽고 나서 뭔가 해야 한다니 부담스럽습니다. 이런 부담을 덜어주는 방법으로 스토리텔링이 차용되었다고 보입니다. 말하자면 친절하게 달래가며 숙제 내주기 방식을 취하는 거죠. 이렇게 보면 심리학서나 사회과학서, 경제경영서 등 진입 장벽이 높게 느껴지는 분야의 저자들도 독자의 부담을 덜어주기 위한 방법으로 에세이 형식을 취하는 듯합니다. 앞서 중수필을 퍽퍽한 통밀빵에 비유했지요. 카스텔라처럼 편안한 일상 에세이를 경수필이라고 했고요. 통밀빵과 카스텔라의 중간쯤 되는 빵이 혼종 에세이라는 결과물이 아닐까 싶습니다.

그 반대도 생각해볼 수 있습니다. 어떤 독자는 에세이를 자신이 읽어야 할 책 범주에 넣지 않습니다. 신변잡기 수다서로만 생각하기 때문입니다. 이런 독자는 새로운 지식이나 유용한 정보, 심도 있는 분석이 담겨 있지 않다면 책을 읽을 필요를 못 느끼는 실용주의자입니다. 만약 사회과학이나 심리학, 자기계발적 내용을 에세이 형식으로 전달한다면? 그들도

읽습니다. 재미도 있으면서 유용한 스토리텔링 바다에 빠지게 되는 거지요. 어떤 경우이든 혼종의 등장은 더 많은 독자를 확보하기 위한 전략이라고 봐도 무방합니다.

혼종이 많다는 건 그만큼 에세이가 다루지 못하는 분야는 없다는 뜻이기도 합니다. 이 말은 여러분이 만약 무언가에 관심이 있다면 그것은 곧 에세이가 될 수 있다는 뜻입니다.

## 많이 읽히는
## 에세이의 특징

그렇다면 좋은 에세이의 특징은 무엇일까요? 아니, 좋은 에세이란 무엇일까요? 간단합니다. 읽는 이의 무언가를 건드리는 글입니다. 무언가는 그 무엇이든 좋습니다. 지적 욕구일 수도, 웃음일 수도, 정보 습득욕일 수도, 공감과 위로일 수도 있습니다. 그러자면 글이 흘러야 합니다. 단어와 문장과 문단이 글 안에서만 웅크리고 있어서는 누군가의 그 무엇도 건드리지 못합니다. 쓴 사람도 잊고 마는, 타인에게는 더욱 기억에 남지 않는 글은 비공개 일기이거나 사실의 기록일 뿐입니다. 저는 혼종이든 순종이든, 중수필이든 경수필이든 기분 좋게 독자에게 흘러가는 에세이의 공통된 특징을 발견했습니다. 핵심만 공개하자면 이렇습니다.

좋은 에세이는
① 타깃 독자가 뚜렷합니다.
② 소재가 참신하기도 하고요,
③ 표현력도 좋습니다.
④ 솔직하고요,
⑤ 정보도 들어 있고,
⑥ 통찰력이 있지요.
⑦ 유머도 있습니다.

에세이 한 편에 이 모든 특징이 다 들어가지는 않겠지만, 이 중 몇 가지가 두드러지면서도 어우러지는 글이 쓰는 사람 입장에서도 유익하고 독자에게 좋은 반응을 얻습니다. 이제 우린 2장부터 그 특징들 하나하나를 분석해보고, 예시문을 통해 이해를 더하고, 실제로 써볼 겁니다. 위 특징이 전부 들어간 글 한 편이 과연 어떤 꼴을 갖추게 될지 함께 지켜보시면 좋겠습니다.

# 첫 문장 써보기

지금 머릿속에 떠오르는 생각을 하나의 문장에 담아 자유롭게 써볼까요. 각각의 문장은 내용이 이어지지 않아도 됩니다. 개별적인 문장들을 필터 없이 써보세요. 이 문장들이 한 편의 글이 될지, 열 편의 글로 이어질지는 아무도 모릅니다.

◦ _____

◦ _____

◦ _____

◦ _____

◦ _____

# 2장

# 소재와 독자는 어떻게 찾나요?

글쓰기를 두고 듣는 고민 중 하나는 무엇을 써야 할지 모르겠다는 말입니다. 가끔은 의아해지기도 합니다. 이렇게 문장력이 뛰어나고, 참신한 생각도 많이 하고, 관심사도 다양한 분이 어떤 이유로 무엇을 써야 할지 모르겠다고 하는 걸까 싶어서입니다. 대체 어떤 소재로 에세이를 써야 할까요? 어떤 글감을 건져 올려야 자신과 독자를 만족시킬 수 있을까요?

## 어디에나 있는 글감
## 내 것으로 만들기

글감 사냥에 앞서, 아마존 창업주 제프 베이조스의 이야기를 잠시 들려드리면 좋을 듯합니다. 베이조스도 처음엔 자신이 만든 회사가 대기업이 될 줄은 상상도 못 했습니다. 단지 인터넷 사용자가 매년 2,300퍼센트씩 성장한다는 통계 자료에 주목해서 온라인 스토어를 만들었을 뿐입니다. 그 통계 자료는 큰돈을 치러야 하는 데이터가 아니었습니다. 평범한 잡지나 신문 기사에 정리된 한 줄 통계였는데요, 베이조스처럼 안목이 있는 사람에겐 굉장히 큰 사인으로 다가온 겁니다. 가치 있는 정보도 알고 보면 누구나 접근할 수 있는 곳에 있습니다. 이런 예시를 들려드리는 이유는, 글감도 그런 자료들처럼 흔하기 때문입니다. 멀리 갈 필요도 없이 자기가 좋아하는 게 무엇인지만 떠올려도 그것은 한 편의 에세이가 됩니다. 다음 글을 보실까요.

탱커
〈월드 오브 워크래프트〉 공격대의 최대 인원은 40명이다.
공격대는 게임 내에서 가장 강력한 몹을 잡기 위한 정기적 모임이다. 그렇기에 아무나 가입할 수 없다. 서버의 수많은 게이머 중 공격대에 소속된다는 건 마치 대기업에 합격하는 것과 비슷하다.

〈중략〉

그럼 그 중요한 탱커의 역할은 무엇인가, 딱 하나. '버티기'다.

버티기. 칼 몽둥이가 날아와도, 불구덩이가 쏟아져도, 저주가 퍼부어져도 어떻게든 버티는 것. 그게 탱커의 유일한 역할이다. 그것만으로도 탱커는 40인 공격대를 지탱하고, 강력한 적을 무찌르게 한다. 그래서 탱커는 가장 귀하고, 대단하다.

요즘 내 주변은 온통 탱커들로 가득하다.

요즘 힘드시죠? 네, 그래도 버텨야죠.

일이 없어서 어떡해요? 어휴, 어떻게든 버텨봐야죠.

코로나 타격이 크죠? 뭐, 다들 힘드니까요. 버틸 수밖에 없죠.

내가 아는 모든 개인이 이 시국을 버티고 있다. 탱커가 버티면 보스는 쓰러진다. 이 코로나라는 강력한 적도 반드시 쓰러진다.

2005년 가을의 어느 주말, 16시간을 버텨서 보스 '벨라스트라자'를 쓰러뜨리고 눈물을 흘렸던 40인 중 한 명이었던 나는 그렇게 믿는다.

위 글은 팬데믹 시대에 대중에게 위로가 되는 글을 써달라는 청탁에 김동식 소설가가 쓴 에세이입니다. 소설만 써온 작가는 과연 자신이 에세이를 쓸 수 있을까 고민한 끝에 관심사와 메시지를 접목합니다. 독자가 설령 〈월드 오브 워크래프트〉라는 게임을 몰라도 내용을 이해할 수 있도록 캐릭터 역할을 설명해두었고, 마지막에 '버티기'라는 키워드로 팬데믹 시대에 탱커처럼 잘 버티자는 위로와 공감의 메시지를 전하고 있습니다. 이처럼, 글쓰기와는 상당히 거리가 멀게 느껴지는 게임이란 소재로도 감동적인 에세이 한 편이 나옵니다.

평범한 일상과 자신의 관심사로 한 편의 글을 끌어내기 위해 다음과 같은 질문을 해보면 어떨까요? 예로서 말씀드립니다.

① 어제 본 드라마가 뭐였지?

② 저녁에 뭐 먹었더라?

③ 출근할 때 지하에서 에스컬레이터를 이용했나, 계단을 올랐나 기억 안 나네?

④ 주말에 친구랑 밥 먹을 때 좋았어.

⑤ 요즘 배우 정재영이 너무 멋있어.

⑥ 어젯밤 꿈이 뭐였더라?

⑦ 역시 버스보단 지하철이 편해.

⑧ 저녁에 게임한 거 정말 재밌었어.

⑨ 늦잠을 자서 지각했어.


　너무 시시한 질문과 생각이어서 글감이 아니라고 여겨진다면, 그건 그것들에 가치를 부여하지 않기 때문입니다. 혹은 더 멋진 소재로 끝내주는 글을 써야 한다는 완벽주의 성향 때문일 수도 있습니다. 사람이 아침에 눈을 떠 하는 모든 일, 유·무의식중에 하게 되는 생각이 전부 훌륭한 글감이 될 수 있습니다. 물론 참신한 소재와 특별한 경험이 담긴 글은 그렇지 않은 글보다 더 주목을 받습니다. 가령, 간이역만 여행한 사람의 이야기, 죽은 자의 집을 청소하는 사람의 경험담처럼 비범한 소재는 분명 더 많은 독자의 관심을 끕니다. 평범한 사람이 쉽게 체험할 수 없는 데다 의미까지 깊은 이야기라면 이끌리는 게 당연하지요. 다만 그것이 전부는 아닙니다. 어떻게 풀어가느냐에 따라 참신한 소재도 평범한 글이 되고, 평범한 소재도 특별한 글이 됩니다. 소재는 모든 곳에 있으니 내 시선과 생각이 어딘가에 머문다면 그곳에 바로 나의 글감이 있습니다. 어떤 소재로 쓰든 한 가지만 만족시키면 좋은 에세이가 됩니다. 독자의 관심과 공감을 이끌어내기!

## 당연한 것도 '왜'라고 삐딱해지기

말이 쉽지 저런 평범한 생각으로 어떻게 글이 되느냐고 생각할 수 있습니다. 그렇다면, 앞 질문 중 몇 가지로 자유연상을 해보겠습니다.

① 어제 본 드라마가 뭐였지?

→ 나는 티브이를 보지 않았다. 왜 보지 않지? 티브이를 좋아하지 않으니까. 왜 좋아하지 않을까? 책이 더 재미있으니까. 책이 더 재미있는 이유는? 천천히 생각하면서 볼 수 있으니까. 티브이는 스치고 지나가버리지만 책은 머물러서 곱씹을 수 있어서 좋다. 티브이가 5분 안에 결정되는 길거리 헌팅이라면, 책은 두 시간 이상 마주하고 있어야 하는 소개팅이다.

② 어제저녁에 뭐 먹었더라?

→ 어제는 라면을 먹었다. 왜? 밥을 하기 싫었으니까? 왜 하기 싫었을까? 회사 일로 지쳐 있었으니까. 왜 지쳤는데? 상사가 마감을 독촉하니까. 왜 독촉할까? 이번 달

매출이 안 좋으니까. 왜 안 좋을까? 대선 이슈에 묻혀 사람들이 쇼핑을 안 하니까. 정치와 내 업무가 이렇게 긴밀하게 엮어 있었나? 대체 정치란 무엇인가.

③ 출근할 때 지하에서 에스컬레이터를 타고 올라갔나 계단을 올랐나 기억이 안 나네?
→ 아마도 계단을 이용했겠지. 왜? 항상 그러니까. 왜 항상 계단을 이용하지? 그렇게라도 운동을 하려고. 왜 운동을 하려고 하지? 근육이 자꾸 사라지니까? 왜 근육을 만들고 싶은데? 근육이 없으면 더 빨리 할머니 될까 봐. 빨리 할머니 되면 안 돼? 슬프니까. 나이 드는 건 왜 슬프지? 삶에서 선택의 여지가 줄어든다는 거니까.

④ 주말에 친구랑 밥 먹을 때 좋았어.
→ 왜? 반가웠으니까. 왜 반가웠는데? 중학교 동창인데 오랜만에 만났어. 오래된 친구를 만나면 왜 좋은데? 어린 시절로 돌아가는 것 같아. 어린 시절로 돌아가는 기분이 왜 좋은데? 이해타산 없이 순수하게 그 순간을 즐기게 되니까 편안해. 왜 어렸을 땐 됐던 게 나이 먹으면 안 되는 걸까? 책임져야 할 많아지니 고려해야 할 것도

많아지지. 어쩔 수 없어. 타인에게 피해를 주지 않는 이해타산은 어쩌면 책임감의 다른 말일지도 몰라.

⑤ 요즘 배우 정재영이 너무 멋있어.
→ 왜? 머리가 크고 지저분해 보이는 한편으론 눈빛은 섬세해. 머리가 지저분한 건 왜 좋은데? 털털해 보여서. 털털해 보이는 게 왜 좋은데? 예민해 보이지 않으니까. 예민한 남자가 왜 싫은데? 조심스러워하면서 남자를 만나고 싶진 않으니까. 왜 편안하고 소탈한 남자가 좋아? 불안과 긴장도가 높은 나를 편안하게 해주니까 좋지. 불안과 긴장도가 높은 이유는? 타인은 나와 다르니까. 하지만 설령 그런 연인을 만나도 결국 극복해야 하는 건 자기 자신이야. 친구와 연인, 가족은 아주 작은 도움만 줄 수 있어.

이처럼 아무 의미도 없어 보였던 생각과 시선이 어엿한 글감이 됩니다. 만약 당최 에세이 소재를 못 찾겠다면, '왜'라고 질문해보는 것도 어느 정도 도움이 됩니다.

## 독자 설정은
## 구체적일수록 좋다

글감이 정해지고 위와 같이 무엇을 쓸지 대충 감이 잡혔다면 누가 읽을지 생각해볼 차례입니다. 소재를 결정하고 누가 이 글을 읽을지 정했다면 이제 다 썼다고 보면 됩니다. 과장이 아닙니다. 누가 독자냐에 따라 문장 수준, 사용하는 단어, 예시, 비유, 주제 등 모든 게 결정됩니다.

물론 나는 그냥 내가 쓰고 싶은 걸 쓸 뿐이라고 생각할 수도 있습니다. 자기 글의 제1의 독자는 글쓴이가 맞긴 합니다. 스스로 만족하지 못하는 글을 타인에게 내보이기란 쉬운 일이 아니기도 하고, 에세이란 기본적으로 자기 자신과의 대화이기도 하니까요. 그렇다면, 자기 자신을 감동시킬 만한 문장, 단어, 예시, 주제를 생각해보아야겠죠. 이때 주의해야 할 점은 막연히 자기 자신이라고만 하면 안 된다는 거죠. 앞에서 자유 연상한 글을 예로 들어볼까요?

티브이보다 독서를 더 좋아하는 나를 다룬 ①번에서의 나란 독자는 어떤 사람일까요? 가벼운 걸 싫어하고, 느린 속도를 좋아하는 진지한 사람입니다. 이 글에서 나란 독자는 아날로그적인 감성을 추구하는 진지파입니다. 타깃 독자는 유행을 좇지 않고 느린 삶을 지향하는 사람들입니다. 주제를 '느림의 미학'으로 잡아도 좋겠습니다.

②번은 그럼 어떤 독자일까요? 귀찮지만 저녁 메뉴에까지 영향을 미치는 정치에 어쩔 수 없이 관심을 기울여야 하는 직장인입니다. 정치와 개인의 삶이 어떻게 연결돼 있는지를 짚어보는 중수필로 발전할 수 있는 소재이면서, 개인사와 접목한다는 점에서는 경수필에도 걸쳐 있는 재미있는 에세이가 될 것 같습니다. 주제는 '정치와 개인의 밀접한 관계' 정도가 되겠네요.

③번은? 나이 먹는 게 싫지만 그래도 좀 더 괜찮게 나이 먹고 싶어 하는 나입니다. 나이 듦이란 주제는 30대 이상의 성인이라면 누구나 관심을 기울이는 보편성을 지니고 있기에, 재미있게 풀어내면 발랄한 에세이가 될 것 같습니다. 주제는 '나이 들어도 괜찮아' 정도 아닐까요?

④번의 타깃 독자는? 아주 보통의 어른입니다. 때로 계산적이 되기도 하지만 남에게 피해는 주지 않으려 하고, 책임을 다하려는 성실한 사람입니다. 자기 삶과 타인과의 관계에서 고민하는 에세이로 발전할 소지가 보입니다. 주제는 '타인을 배려하면서 자기 자신을 지키는 삶'이 될 수 있을 법합니다.

⑤번은 연예인에게 빠진 평범한 성인입니다. 긴장도와 불

안감이 높아 관계 형성에 두려움도 많이 느끼는 사람이지요. '불안'은 타인과의 관계가 없다면 형성되지 않는 인간의 감정입니다. 친구, 연인, 가족 등 다양한 관계에서 긴장도와 불안도가 높은 사람들이 어떤 방식으로 삶을 꾸려가면 좋을지를 안내해주는 자기계발 성격의 에세이로 발전할 수 있을 듯합니다. 주제는 '나를 지키면서 누군가를 사랑하는 법'으로 정리할 수 있겠습니다.

이렇게 정리하고 보니 어떤가요? 나 하나만을 만족시키는 글인 것 같지만 나처럼 생각할 만한 독자는 많습니다. 누가 내 글을 읽을지 생각해본다는 건 일차적으로 나 자신을 만족시키는 것이고, 그런 나의 생각에 공감할 사람을 염두에 둔다는 뜻입니다. 그러면 이 글은 독백에 그치지 않게 됩니다.

반대로 독자를 먼저 생각하고 소재를 떠올릴 수도 있습니다. 나의 자녀가 읽기 바라면서 쓰는 글인데, 육아와 밥벌이의 어려움만을 이야기한다면 공감을 형성하기 힘들겠죠. 나의 이야기로 보편성과 공감대를 형성하는 과정, 그것이 에세이 쓰기입니다.

# 자유연상 해보기

1장에서 쓴 문장 중 하나를 선택하여 "왜"라는 질문을 해 자유롭게 연상해보세요.

# 3장

# 솔직하게 나를 드러내는 것부터

버지니아 울프는《자기만의 방》에서 이렇게 말했습니다. "대화 전체를 왜곡하지 않을 수만 있다면, 가장 좋은 대화 방식은 내 마음속에 떠오른 것을 공중에 드러내 보이는 것입니다"(《여성과 글쓰기》, 박명숙 옮김, 북바이북, 2022). '의식의 흐름 기법 글쓰기'의 창시자라는 찬사에 걸맞은 말이지요. 조금 달리 표현하자면 자신을 솔직하게 내보인다고 될 것 같습니다.

제가 첫 에세이를 출간하고 받은 질문 중 기억에 남는 건 그렇게 솔직하게 써도 괜찮으냐는 거였습니다. 버지니아 울프의 표현대로 말하자면, 마음속에 떠오른 것을 그대로 공중에 내보인 셈입니다. 일로 만난 분들까지 읽으셨다 보니 전혀 신경이 안 쓰였다면 거짓말이겠지만 비교적 안 쓰인 편입니다. 공개해도 상관없다고 여긴 내용만 책에 실었습니다. 초고엔 훨씬 슬프고 어렵고 '청불'스러운 내용은 없었지만 쓸데없이 자세하고 솔직한 내용이 많았습니다. 저에게만 중요할 뿐 타인에게는 지루한 이야기도 썼는데요, 퇴고하면서 많이 걸어냈습니다. 그 이야기들이 글 전체를 왜곡한 것까진 아니었대도 공중의 관심사를 고려하지 않았기 때문이고, 빼고 난 뒤에도 솔직한 글이라는 인상은 그대로 남았습니다.

좋은 에세이의 관건은 솔직함이라고 언제나 생각합니다. 조금 멋스러운 말로 하자면 진솔함입니다. 솔직하다는 건 자기 이야기를 용기 있게 드러낸다는 뜻일 텐데요, 에세이란 바로 그것을 꺼내서 타인에게 공개하는 글입니다. 솔직한 글이 호소되는 이유는 아마도 에세이스트 이반지하의 말대로 "자신의 내면에 깊이 있게 몰입하면 그것은 보편에 닿"기 때문이 아닐까 싶습니다.

솔직한 에세이의 일부를 함께 보실까요.

정말로 다들 훌륭하다. 화창한 날씨에 읽고 있자니 우울해졌다. 어째서 훌륭한 사람들의 이야기를 읽고 기분이 가라앉는 것일까. 우울해하는 것도 질려서 참았던 오줌을 누러 화장실에 갔다. 도저히 멈추지 않는, 정말로 기나긴 오줌이 나온다. 졸졸졸졸, 끝임없이 나온다. 이제 끝났나 싶어 배에 힘을 주면 또다시 졸졸졸졸, 졸졸졸졸 이라도 오줌이 나오니 다행이다. 한 번에 어느 정도 나 오는지 재보고 싶다(《사는 게 뭐라고》, 사노 요코, 마음산책, 2015, 61쪽).

나는 깨달았다. 사람을 사귀는 것보다 자기 자신과 사이 좋게 지내는 것이 어렵다는 사실을. 나는 스스로와 사이 좋게 지내지 못했다. 그것도 60년씩이나. 나는 나와 가 장 먼저 절교하고 싶다(같은 책, 196쪽).

나이 60 정도 먹으면 뭔가 심오하고, 그럴듯한 말을 해야 할 것 같지만 사노 요코는 여전히 옹졸하고 불안한 내면을 꺼 내 보입니다. 생리적 증상을 적나라하게 표현하는 방식으로 웃음을 자아내기도 하지요. 자신과 절교하고 싶다는 창의적 인 표현을 통해 스스로를 긍정하는 일이 얼마나 어려운지도 표현합니다. 이런 정도의 솔직함은 설령 그 사람의 가치관에 동의할 수는 없어도 존중하게 되는 힘을 발휘합니다. 가령, 1938년생으로서 2차 세계대전 세대인 사노 요코의 역사관에 전적으로 동의할 순 없었지만, 이분이 매우 솔직하면서도 삶에 대한 깊은 통찰력을 지녔다는 점에 큰 매력을 느꼈고, 언제나 최고의 에세이로 이 책을 꼽습니다. 다른 예도 한번 보실까요.

> 산책을 하는 동안에는 일부러 휴대 전화를 탁자 위에 놓고 나왔다. 그리고 보통 때는 일부러 두 시간씩 간격을 두고, 온 메시지가 없는지 확인했다. 그러나 그렇게 뜸을 들여도 매번 메시지가 없다는 것만 확인할 뿐이었다. 셋째 날 아침엔 휴대 전화를 계속 켜 놓는 대신 벨소리를 기다리지 않으려고 애썼다. 그리고 그날, 한밤중에 다섯 알의 수면제를 삼키면서, 약도 아무 효과가 없다는 것을 알았다. 그리고 다섯째 날 저녁, 난 결국 그녀에게 전화를 걸고 말았다(《철학적으로 널 사랑해》, 올리비아 가잘레, 레디셋고, 2013, 318쪽)

누군가와 사랑을 하고 그 마음이 뜻대로 되지 않은 경험을 해보았다면 공감할 수밖에 없는 솔직한 일화입니다. 《철학적으로 널 사랑해》는 철학, 역사, 사회학, 심리학, 문학을 넘나들며 사랑의 메커니즘을 분석한 인문 에세이이고, 위 인용문은 「사랑은 왜 고통스러울까」를 분석한 글의 일부입니다. 위와 같은 솔직한 일화를 예로 들어서 분석과 논지의 설득력을 높이고 있습니다. 솔직함은 일상 에세이뿐 아니라 이처럼 비평적 에세이(중수필)에서도 든든한 지지가 되어줍니다.

다음 에세이의 예시문은 어떻게 보이시나요?

> 그리고 저는 알았습니다. 사람은 타인이 겪는 중간 정도의 불행을 좋아하고 행복한 사람은 좋아하지 않아요. 정말 불행한 사람은 더 싫어요. 그래서 저는 남이 저를 싫어하지 않도록 큰 구멍을 파서 온갖 쓰레기를 땅에 묻고 모르는 체합니다(《친애하는 미스터 최》, 사노 요코, 최정호, 남해의봄날, 2019, 113쪽)

《친애하는 미스터 최》라는 책은 사노 요코가 베를린 유학 중에 만난 한국인 친구와 주고받은 편지를 모은 서간집입니다. 서로의 인생을 응원하고 존경하는 마음이 담긴 진실되고 솔직한 대화가 인상적입니다. 위 예시문에서 사노 요코는 너무 큰 불행에 빠진 타인을 멀리 하고 싶어 하는 인간의 심리를, 보통 사람이라면 굳이 말로 하지 않는 불편한 진실을 언급합니다. 그러면서 자신이 사실은 큰 불행감에 젖어 있지만 타인이 자신에게 호감을 느끼도록 아닌 척하면서 살고 있다고 고백합니다. 굉장히 간결하고 예리하면서도 솔직합니다. 저는 이 부분에 밑줄을 그으며, 대인 관계에서 사람이 지니는 기본 심리를 꿰뚫어보는 통찰력에 놀랐고, 자신의 심리적 처지를 저렇게 솔직하게 드러낸 데에 큰 인상을 받았습니다.

## 강력한 인상을 주는
## 에세이의 특징

에세이란 기본적으로 자신을 드러내는 글이고, 따라서 글쓴이가 자신을 감추는 에세이는 금세 잊힙니다. '좋은 말 대잔치'를 하듯 유려하고 감각적인 문장, 정확한 어휘, 참신한 소재 등 이 모든 게 다 있어도 독자가 원하는 포인트를 드러내지 않으면 모호한 메시지만 남깁니다. 무엇을 말하고 싶은지 모르겠다는 감상평을 받는다면 그 에세이는 실패했다고 보는 게 맞습니다. 에세이에서 자신을 내보인다는 건 무엇을 뜻할까요?

### 1. 차곡차곡 '생각'을 드러낸다

생각이 없는 글이란 거의 없습니다. 우리가 일상에서 주고받는 문자 메시지에도 의도와 목적이 있습니다. 마음먹고 쓰는 글인 에세이에도 당연히 글쓴이의 생각이 담겨 있겠죠. 설령 일기장을 쓰레기통 삼아 온 감정을 쏟아낸 글이라도 감정 해소라는 글쓴이만의 의도가 있습니다. 다만, 그 생각, 즉 의도가 잘 보이지 않는 글도 있습니다. 극단적인 예를 들어볼까요. 우리가 2장 도입부에서 예시로 다루었던 일상적 표현 중에 "늦잠을 자서 지각했어"를 극단적인 예로 풀어 제시해보겠습니다. 앞으로 이 예시 글이 계속 발전해가는 과정을 목격할 테니, '우리 예시 글'이라고 칭하겠습니다.

> 아침에 늦게 일어나서 세수만 하고 집을 나섰다. 지하철을 타고 출근했다. 30분 지각이었다. 저녁에 퇴근을 하고 밥을 먹었다. 티브이를 보았다. 이날따라 너무 피곤해 일찍 잤다.

이 글에 글쓴이의 생각이 보이나요? 단지 한 사람의 일과가 굵직하게 사실 중심으로 나열돼 있을 뿐입니다. 무언가 쓰고자 하는 사람이라면 이런 정도의 글을 쓰지 않을 것 같지만, 생각보다 '그래서 무엇을 말하고 싶어 하는 거지' 싶은 글은 많습니다. 일상을 다루는 경수필이 특히 이런 위험에 빠지기가 쉽지요. 위 예에 생각을 담아볼까요.

아침에 눈을 떴을 때 아침 8시가 넘어 있었다. 드라마를 정주행하다가 날을 샜기 때문이다. 간신히 세수만 하고 집을 나섰다. 지하철은 늘 그렇듯 만원이었지만 여느 때와는 달리 사람이 많은 건 신경이 쓰이지 않았다. 마음이 조급하기만 했다. 30분 늦게 도착하니 이미 주간회의 중이었다. 팀장이 이만저만 화내는 게 아니었다. 지각은 잘못이지만 그렇게까지 노발대발할 일인가 싶었다. 하루를 경황없이 시작했더니 업무 처리도 원활하게 느껴지지 않았다. 늘 하던 일을 하는데도 계속 실수가 속출했다. 메일을 엉뚱한 거래처에 보냈고, 제출한 결재 서류 날짜도 틀리고, 동료의 말이 한 번에 이해되지 않기도 했다. 그럴 때마다 업무 집중력이 더 떨어졌다. 간신히 하루 업무를 마치고 퇴근하니 아무 의욕이 없어서 식사도 거른 채 티브이만 보다가 일찍 잠자리에 들었다. 첫 단추를 잘 끼워야 한단 속담이 괜히 나온 게 아닌가 보다.

썩 재미있는 글은 아니지만 그래도 첫 글보다는 글쓴이의 생각이 제법 드러나지 않았나요. 단순 사실의 나열이 평범한 일기 한 편이 되었습니다. 이유는 뭘까요?

에세이에서 생각을 담아내는 방식을 한마디로 표현하자면 '차곡차곡'입니다. 우리 예시 글을 보면 그날 아침 상황을 좀 더 자세히 설명했고, 감정 표현도 들어가 있습니다. 드라마 정주행, 만원 전철, 노발대발, 원활하게 느껴지지 않았다, 이런 표현들로 현장감이 느껴질 뿐 아니라 지은이의 조급하고 불편했던 심정도 잘 전달됩니다. 구체적으로 상황과 감정을 표현한 뒤, 마지막에선 어떤 일의 시작이 얼마나 중요한지 알겠다는 생각을 속담으로 전달합니다. 차근차근 상황과 감정을 전달함으로써 한 단계 나아갔습니다. 이를 흔히 미괄식이라고 표현합니다. 주제 의식이 가장 마지막에 나온 경우죠.

반면 주제 의식을 처음에 드러내고 그날의 상황을 풀어갈 수도 있습니다. 우리 예시 글의 "첫 단추를 잘 끼워야 한단 속담이 괜히 나온 게 아닌가 보다"라는 마지막 문장이 맨 앞으로 나오면 되겠지요. 이 문장을 맨 앞으로 옮겨도 글의 흐름은 자연스럽습니다. 이를 두괄식이라고 합니다.

반복하자면, 핵심은 '차곡차곡'입니다. 내가 지금 두괄식으로 쓰고 있는지 미괄식으로 쓰고 있는지 의식하지 않아도 됩니다. 중심 내용을 뒷받침하기 위한 주변 내용을 잘 쌓아가고 있는가만 생각하면 됩니다. 그래야 글쓴이의 의도가 전달되어 독자에게 잊히지 않는 글로 남습니다.

## 2. 자기만의 관점을 끌어낸다

위 우리 예시 글에서 생각을 담는 것에 해당하는 문장을 꼽자면 마지막 "첫 단추를 잘 끼워야 한단 속담이 괜히 나온 게 아닌가 보다" 하나입니다. 하루를 차분하게 시작하지 못하면 그날 하루가 힘들어진다, 정도의 의도가 느껴집니다. 만약 이 일기를 독자들이 읽는다면 어떨까요? 오래 기억할 인상적인 결론이라기엔 평범하고, 글쓴이의 생각도 약하게 느껴집니다. 뻔하고 조금은 고루하게도 느껴지지요. 사실만을 나열한 처음 글에서 발전하긴 했지만 이 글 역시 금세 잊힐 법합니다. 이 생각에 자기만의 관점이 반영돼 있지 않기 때문입니다.

자기만의 관점이란 무엇을 의미할까요? 언뜻 떠오른 생각에 깊이를 더해본다는 뜻입니다. 깊이를 더하기 위한 가장 손쉬운 방법으로는 평범한 생각에 이의를 제기해보는 겁니다. 또는 개인의 생각을 사회적 관점으로 확대해보거나 현상을 좀더 깊이 분석해보는 방법이지요. 예를 들어, 대한민국 직장인은 월 평균 3회 지각한다는 통계 자료를 제시하며 자신의 지각이 양해될 수 있는 일이었다고 전개할 수 있고, 상사가 감정적으로 문제 상황에 대응할수록 팀원의 업무 효율이 얼마나 떨어지는지를 사례 중심으로 분석해볼 수도 있습니다.

다만, 이 책에서는 평범한 생각을 비틀어보는 방식으로 깊이를 더해보겠습니다.

(상략)

그 드라마는 어쩌자고 그렇게 재미있어서 한 직장인의 하루를 이렇게 흔들어놓을까. 생각해보면 참 야멸찬 일인 게, 아침 출근 그 첫 단추 한번 잘못 잠갔다고 그 이후로 죽 엉망이 되다니. 왜 얼른 풀고 다시 채우면 된다거나, 그냥 푼 채로 시원하게 열고 다니라는 속담은 없을까? 일부러 단추를 어긋나게 잠그는 패션이 유행한 적도 있지 않나 말이다. 우리 사회가 그렇게 엄격하지 않고 그런 반대 속담도 있다면 어쩌면 비록 오늘 지각은 했어도 이렇게 부작용이 심한 하루를 보내진 않았을지도 모른다. 그랬다면 오늘 밤 이렇게까지 피곤하진 않았을 텐데. 생각해보면 계획에서 어긋나는 사소한 상황이 생긴다 해도 뭐든 생각하기 나름이다. 생각의 전환을 빨리 하는 사람이 앞으로 나아가고 자신을 좀 더 사랑할 수 있는 것 아닐까.

한국인이라면 누구나 알고 인정하는 속담 "첫 단추를 잘 끼워야 한다"라는 명언을 부정하면서 독자에게 좀 더 인상적인 글로 남게 되었습니다. 이처럼 누구나 그렇다고 인정하는 의견도 한번 비틀어 생각해보면 자기만의 관점이 형성됩니다.

물론 '아니다, 나는 이 속담이 전적으로 옳다고 본다'면? 같은 사례를 더 들어서 정말 모든 일에서 시작이 중요하다는 생각을 다시 한번 강조하며 마무리 짓는 것도 관점의 깊이를 더하는 방법이 됩니다. 단순히 '첫 단추는 잘 끼워야 해'로 끝나는 것보다 더 큰 설득력을 확보할 수 있습니다. 이때 누구나 아는 유명인의 사례를 든다면 효과적입니다. 사례를 찾기 어렵다면 통계를 제시해도 좋겠습니다. 가령 아침형 직장인이 저녁형 직장인인보다 행복 지수가 높다는 사실을 통계화한 자료가 있다면 역시 시작이 중요하다는 지은이의 생각이 단단하게 뒷받침됩니다. 단, 앞으로 이 책에서는 앞의 예시 글을 계속 발전시켜나갈 계획입니다.

### 3. 독자를 고려한다

에세이는 기본적으로 자기만의 성찰을 공유하면서 공감을 이끌어내는 작업물입니다. 요즘은 기초과학, 사회과학, 철학, 심리학처럼 정확한 정보와 논리적 전개가 중요한 분야도 개인사를 더해 독자의 관심과 공감을 끌어내는 에세이 형식을 취합니다. 인기 교양서《랩걸》《나는 생각이 너무 많아》《물고기는 존재하지 않는다》《나는 자주 죽고 싶었고, 가끔 정말 살고 싶었다》같은 책이 그 예입니다.

우리 예시 글을 다시 들여다볼까요. 첫 번째 글에서는 감정이 전혀 전해지지 않았지만 보완을 할수록 글쓴이의 감정이 추가됩니다. "마음이 조급하기만 했다." "원활하게 느껴지지 않았다." "어쩌자고 그렇게 재미있고, 유익하고, 아름답게 만들어서" "너무 야멸차다" 이런 표현들에서 글쓴이가 얼마나 그날 하루를 힘들게 보냈는지 전해지면서 읽는 이의 공감을 이끌어냅니다. 여기에 독자의 공감을 더 이끌어내는 내용을 추가해보면 어떨까요. 혼자 읽을 일기라면 현재로도 충분하지만 독자가 있다면 얘기가 조금 달라집니다. 읽는 이의 공감을 이끌어내는 방식으로 감정 표현을 더해본 예는 다음 밑줄 친 곳과 같습니다.

아침에 눈을 떴을 때 아침 8시가 넘어 있었다. 드라마를 정주행하다가 날을 샜기 때문이다. 간신히 세수만 하고 집을 나섰다. 지하철은 늘 그렇듯 만원이었지만 여느 때와는 달리 사람이 많은 건 신경이 쓰이지 않았다. 마음이 조급하기만 했다.

30분 늦게 도착하니 이미 주간회의 중이었다. 팀장이 이 만저만 화내는 게 아니었다. 지각은 잘못이지만 그렇게 까지 노발대발할 일인가 싶었다. 하루를 경황없이 시작했더니 업무 처리도 원활하게 느껴지지 않았다. 늘 하던 일을 하는데도 계속 실수가 속출했다. 메일을 엉뚱한 거래처에 보냈고, 제출한 결재 서류 날짜도 틀리고, 동료의 말이 한 번에 이해되지 않기도 했다. 그럴 때마다 업무 집중력이 더 떨어졌다. 간신히 하루 업무를 마치고 퇴근하니 아무 의욕이 없어서 식사도 거른 채 티브이만 보다가 일찍 잠자리에 들었다. 첫 단추를 잘 끼워야 한단 속담이 괜히 나온 게 아닌가 보다.

그 드라마는 어쩌자고 그렇게 재미있어서 한 직장인의 하루를 이렇게 흔들어놓을까. 만약 나처럼 드라마나 영화를 보다가 날을 새버리고, 그 바람에 직장이나 학교에 지각하고, 또 그 바람에 그날 하루를 힘들게 보낸 사람이 있다면, 우리는 그 경험 안에서 절친이다.

생각해보면 참 야멸찬 일인 게, 첫 단추 한번 잘못 잠갔다고 그 이후로 죽 엉망이 되다니. 왜 첫 단추 잘못 잠가도 얼른 풀고 다시 채우면 된다거나, 그냥 푼 채로 시원하게 열고 다니라는 속담은 없을까? 일부러 단추를 어긋나게 잠그는 패션이 유행한 적도 있지 않나 말이다. 우리 사회가 그렇게 엄격하지 않고 그런 반대 속담도 있다면 어쩌면 비록 오늘 지각은 했어도 이렇게 부작용이 심한 하루를 보내진 않았을지도 모른다. 그랬다면 오늘 밤 이렇게까지 피곤하진 않았을 텐데.

계획에서 어긋나는 사소한 상황이 생긴다 해도 뭐든 생각하기 나름이다. 생각의 전환을 빨리 하는 사람이 앞으로 나아가고 자신을 좀 더 사랑할 수 있는 것 아닐까. 만약 어떤 일을 야심차게 시작하는 시점에서 부족하거나 잘못된 점이 발견된다면 당황하지 말자. 처음부터 다시 시작하거나 전혀 다른 결과물로 만들어보는 것도 좋은 방법이다.

사실 나열로 시작한 글이었지만 이제는 한 편의 에세이가 되었습니다. 짧은 분량이기는 해도 글쓴이의 감정과 생각이 비교적 명확히 담겨 있으며, 독자의 공감까지 유도해내고 있지요. 주요 내용의 역할도 달라졌습니다. 처음 이 글의 핵심은 '지각했고 그날 힘들었다'로 요약할 수 있었습니다. 지금은? 지각 에피소드가 "시작이 잘못되어도 생각을 전환하면 전혀 다른 결과를 낳을 수 있다"라는 글쓴이의 생각을 뒷받침하는 예시로 기능하고 있습니다. 누구나 겪을 법한 평범한 하루에서 자기만의 생각을 전개한 에세이가 탄생했습니다.

## 지나치게
## 솔직한 에세이의 최후

진솔한 글이 독자의 마음을 움직인다고 해서 한도 끝도 없이 솔직해야 한다는 뜻은 아닙니다. 독자가 궁금해하지 않을 내용까지 모두 끄집어내 글에 반영하면 주제를 약화하기도 하고, 지루해지고, 호감을 잃는 포인트가 됩니다. 우리 예시 글에 '지나친 솔직함'을 넣어보았습니다.

드라마와 지각

〈상략〉

30분 늦게 도착하니 이미 주간회의 중이었다. 팀장이 이만저만 화내는 게 아니었다. 지각은 잘못이지만 그렇게까지 노발대발할 일인가 싶었다. 하루를 경황없이 시작했더니 업무 처리도 원활하게 느껴지지 않았다. 늘 하던 일을 하는데도 계속 실수가 속출했다. 메일을 엉뚱한 거래처에 보냈고, 제출한 결재 서류 날짜도 틀리고, 동료의 말이 한 번에 이해되지 않기도 했다. 그럴 때마다 업무 집중력이 더 떨어졌다. 간신히 하루 업무를 마치고 퇴근하니 아무 의욕이 없어서 식사도 거른 채 티브이만 보다가 일찍 잠자리에 들었다. 첫 단추 잘 끼워야 한단 속담이 괜히 나온 게 아닌가 보다.

그 드라마는 어쩌자고 그렇게 재미있어서 한 직장인의 하루를 이렇게 흔들어놓을까. 권력과 사랑과 야망이라는 주제를 이렇게 흥미진진하고 참신한 스토리와 설정에 담아낸 시대극은 최근에 본 적이 없어서였다. 물론 그렇게 아름답다고만 하기엔 선정적인 장면이 많이 나온다. 여배우들은 하나같이 전라로 돌아다녀서 시종일관 내 시선을 사로잡았고, 야한 장면의 묘사는 어후 정말 과감해서 이 드라마를 보기 시작한 이상 멈출 수 없는 건 나뿐이 아닐 거다. 만약 나처럼 드라마를 보다가 날을 새버리고, 그 바람에 직장이나 학교에 지각하고, 또 그 바람에 그날 하루를 힘들게 보낸 사람이 있다면, 우리는 그 경험 안에서 절친이다.

(하략)

그 드라마가 얼마나 인상적이었는지를 간단히 말하고, 그래서 불가피하게 지각할 수밖에 없었다는 말을 하는 것까진 괜찮지만 밑줄 친 "물론~나쁜이 아닐 거다"는 불필요한 고백입니다. 수위 높은 성애 장면에 시선을 빼앗기기 마련이라는 말이 틀려서가 아니라, 또한 본인이 그런 장면 때문에 멈추지 못했다는 게 잘못이어서가 아니라 글의 흐름상 불필요하다는 뜻입니다. 여기에서 포인트는 어떤 드라마를 보고 지각했느냐가 아니라 잘못된 시작으로 힘들어질 때 어떤 마음가짐이면 좋을지입니다. 불필요한 정도의 솔직함은 글쓴이에게 느끼던 호감을 떨어뜨리는 지점이 될 수도 있습니다. 버지니아 울프의 말로 다시 돌아가볼까요. "대화 전체를 왜곡하지 않을 수만 있다면, 가장 좋은 대화 방식은 내 마음속에 떠오른 것을 공중에 드러내 보이는 것입니다." 마음속 생각을 지나치게 드러내 보임으로써 글 전체를 왜곡하고 있습니다.

저 역시 첫 에세이집을 쓸 때, 저에게 의미가 깊은 내용들을 예시로 많이 넣었다고 말씀드렸습니다. 가령, 저는 제가 다닌 대학 이야기를 많이 썼습니다. '소신'을 이야기하는 원고였는데요, 비록 유명 대학은 아니었지만 모교에 대한 자부심이 커서였습니다. 구구절절 학교 위치부터, 창립 이념까지 거론했죠. 퇴고하면서 깨달았습니다. 무명작가인 내가 어느 대학에 다녔을지 누가 궁금해한다고 이렇게까지 썼지? 이건 내 동문들하고나 나눌 이야기지. 누구나 공감할 법한 예시만 남기고 그 부분은 들어냈습니다. 잘했다고 생각해요.

에세이 쓰기에서 진솔하게 감정과 생각을 내보이는 건 필수이지만 그 솔직함이 글의 방향과 독자를 고려하지 않으면 역효과가 납니다. 독자를 염두에 두는 솔직함일 때 내 글이 확실하게 빛을 발하고, 기억에 오래 남는 글이 됩니다.

한 가지 더 말씀드리고 싶은 점은 글을 타인에게 공개할 경우엔 감당할 수 있을 만큼만 솔직하면 좋겠다는 겁니다. 솔직하다는 건 대체로 다른 사람에게 쉬이 말하지 못하는 내용을 끄집어낸다는 뜻이지요. 그런 내용 중에는 자신을 깊이 힘들게 하는 사연도 있을 겁니다. 소위 말하는 트라우마일 수도 있고, 해결되지 않은 일에 대한 큰 분노일 수도 있겠지요. 글로 표현함으로써 마음의 혼란이 정리되는 사연도 있지만 언제나 그렇지는 않은 법입니다. 공개한 뒤 되레 더 힘들어지기도 해요. 자신의 심리 상태를 잘 점검해 이제는 글로 담아 타인에게 말해도 괜찮겠다는 확신이 있을 때, 그때 다루시면 좋겠습니다. 그럴 때 쓴 솔직한 글은 분명 많은 이에게 큰 울림을 주며 큰 공감을 이끌어낼 것입니다.

# 생각, 감정, 관점 솔직하게 넣어보기

2장에서 쓴 글에 생각과 감정, 자기만의 관점을 넣어봅시다. 한 문단이라도 괜찮습니다.

이 단계부터는 제목도 한번 넣어보세요.

# 4장

# 지식과 정보를 알려주고 싶다면

분야를 막론하고 모든 글에는 저자의 의도가 반영돼 있습니다. 정보 모음집이나 성과 자료집에도 들어갑니다. 이 중에서 지은이 개인이 가장 도드라지는 분야가 에세이입니다. 사사로운 일상부터 직업, 육아, 취미, 서평, 종교 등 에세이가 넘볼 수 없는 영역은 거의 없고, 어떤 내용을 다루든 허구가 아닌 사실과 생각과 감정을 섞어 글로 표현하는 작업이니 지은이가 어떤 사람인지 잘 드러날 수밖에 없습니다.

물론 과학, 역사, 철학, 심리학 등을 다루는 중수필은 기본적으로 논리적이고 객관적인 견해를 바탕에 두기 때문에 비개성적이라고들 합니다. 지은이 개인이 어떤 사람인지 잘 드러나지 않는다는 뜻이지요. 하지만 최근에 큰 관심을 받는 에세이의 추세는 중수필과 경수필의 경계를 딱 나누기가 힘들다는 점입니다.《물고기는 존재하지 않는다》《불편해도 괜찮아》《우울할 땐 뇌과학》《나는 생각이 너무 많아》같은 책은 과학, 사회과학, 심리학으로 분류돼 있으면서도 에세이 성격이 짙은 글들이며, 실제로 온라인 서점에서는 에세이 카테고리에 함께 묶여 있기도 합니다. 중수필인데도 글쓴이 개인사가 자연스럽게 녹아들어가 있는 글이 정말 많다는 점을 고려하면, 에세이 전반에 저자의 개성이 큰 자리를 차지하고 있다고 해도 과장이 아닙니다.

에세이의 이런 특징은 경수필로 오면 장점인 동시에 단점이 되기도 합니다. 자칫 개인 차원의 이야기에 그쳐버리기 때문입니다. 만약 자신의 글이 많은 점에서 뛰어난데도, 즉 사용 어휘가 풍부하고, 문법에 꼭 맞는 문장을 사용하며, 소재도 참신하고, 표현력도 유려한데 독자에게 왜 내 글을 읽어야 하는지 당위성을 제공하지 못하고 있다면, 혹시 보편성이 부족한 건 아닌지 돌아보면 좋겠습니다.

## 내 글에 보편성을
## 첨가하는 기술

순수한 중수필을 제외하면, 에세이란 기본적으로 나의 이야기를 통해 삶의 의미를 성찰하고, 그 성찰이 독자에게 흘러가도록 하는 작업입니다. 이러한 글을 쓸 때 주의할 점은 순수하게 나라는 개인 차원의 이야기를 하더라도 그것이 보편성을 지녀야 한다는 점이지요.

보편성을 획득하는 방법은 여러 가지입니다. 독자와 대화하듯 당신도 이러한 상황이 있지 않느냐고 질문 던져보듯 이야기할 수도 있고, 누구나 알 법한 유명한 사례를 예시로 드는 것도 방법입니다. 혹은 내밀한 개인사를 과감하게 드러내 독자를 그 용기에 굴복하게 만들 수도 있는데요, 보통의 사람은 자신의 고통과 유사한 혹은 그 이상의 고통, 설령 낯설더라도 그 날것의 고통과 마주했을 때 그의 손을 잡아주게 마련입니다. 질문이든, 사례 제시든, 엄청난 솔직함이든 중요한 점은 글쓴이 1인의 생각이 많은 이에게 화두가 될 수 있다는 걸 보여주는 거지요.

여러 방법 중 저는 지식과 정보 제시를 좋아합니다. 그 지식과 정보를 조합해 통계 형태로 제시할 수 있다면 더 만족스

럽습니다. 사적인 이야기를 객관적인 지식과 정보로 뒷받침
해 객관성을 확보하는 겁니다. 다음은《난데없이 도스토옙스
키》에 실린 「학연, 지연, 혈연은 죄가 없다」라는 글의 도입부
입니다.

1969년 영국의 사회심리학자 헨리 타이펠이 열네다섯
살짜리 소년 64명을 대상으로 실험을 했다. 그들은 소년
들에게 시각적 판단력을 실험한다고 설명한 뒤 40개의
점들이 번쩍이는 스크린을 보여 주고는 점이 몇 개인지
답하게 했다. 그다음 각각의 소년들에게 '과대평가자',
'과소평가자'라고 말해 주며 그룹을 나누었다. 점의 개
수를 적게 말한 측은 과소평가자, 많게 센 측은 과대평
가자가 되었다. 주최 측이 임의로 나눈 그룹이었다.
그러고는 실험자를 한 명씩 격리된 공간으로 데려가서
각각의 그룹에서 두 명을 선택한 뒤에 얼마간의 점수를
부여하게 했다. 단 이때 둘 중 한 명에게 반드시 더 높은
점수를 주어야 했다. 소년들은 두 명을 골라 점수를 표
시했는데, 재미있게도 자기 그룹의 친구들에게 더 많은
점수를 주었다. 헛웃음이 났다. 보란 듯이 편애한 것이
다. 아니 그 점 몇 개인지 비슷하게 센 게 뭐라고 그렇게

순식간에 어느 한쪽에 소속감을 느끼느냐 이 말이다. 이렇게도 사람은 참 복잡하면서도 단순한 존재다.

도스토옙스키의 《미성년》이란 장편에서 주인공의 여동생 리자와 '썸'을 타는 바신이란 남자의 이야기를 하기 위해 행동심리 실험의 예시를 가져왔습니다. 소설 속 바신은 겸손하고 박식한 사람입니다. 리자 남매와는 달리 사회적으로 유리한 위치에 있으면서도 낮은 신분의 그들을 존중하지요. 리자가 자기 오빠를 그렇게 대해준 점에 고마움을 표현하는데요, 바신은 시종일관 공명정대한 자세를 잃지 않습니다. 자기는 모든 사람을 평등하게 대할 뿐이라고요. 리자는 실망합니다. 그가 자신과 오빠를 조금은 특별히 생각해주길 바랐으니까요. 저는 이 두 인물을 통해 사람은 학연 지연 혈연 등에 심리적으로 편향될 수밖에 없는 존재다, 문제는 이 편향성으로 타인에게 피해를 주는 자체라는 걸 말하고 싶었습니다.

《난데없이 도스토옙스키》는 읽기 어렵다고 악명이 높은 도스토옙스키의 소설에서 현대인에게 도움이 될 만한 처세술과 생각할 거리를 짚어낸 독서 에세이입니다. 이 책의 기본 자세는 약 200년 전 고전이 현대인의 삶과 밀접하게 닿아 있다는 점을 독자에게 알리기였습니다. 그랬기에 독자들이 겪는 현실 문제를 키워드로 도출해 도스토옙스키와 접목하는 방법을 선택했습니다. 독자는 위 실험 내용을 통계적 정보로서 얻습니다. 더 나아가 위 실험이 《미성년》과 이어지는 과정을 읽으면서 이 작품에 대한 지식을 일부나마 얻는 동시에 심리적으로 편향된 자기 자신의 문제도 짚어보게 됩니다.

지식이 담긴 한국 에세이로서는 정지돈의 《당신을 위한 것이나 당신의 것은 아닌》도 주목할 만합니다. 산책을 즐기는 작가가 서울과 파리를 문우들과 함께 산책한 일화를 시작으로 그 거리와 건물의 역사, 산책이라는 행위에 담긴 심리적이고 철학적인 의미 등을 자유롭게 풀어냅니다. 많은 독자가 낯선 책명, 작가명, 영화명은 물론 그것들을 기반으로 한 철학적인 접근을 읽어나가며, '걷기' '산책'을 이렇게 박학한 지식으로 풀어내다니 대단해, 내가 매일같이 즐기는 산책도 퍽 심오한 것이었군 하는 느낌을 얻을 수 있습니다. 작가 개인의 산책이 지식과 정보로 보편성을 얻으면서 굉장히 멋진 행위라는 인상을 받게 됩니다.

이쯤 되면 궁금해집니다. 왜 독자는 정보와 지식이 조합된 에세이를 선호할까요? 보편성 획득이라는 결과도 있지만 다른 이유도 있습니다.

〰〰〰
책으로 공부하는
독자를 위한 글쓰기 팁

우리나라 사람은 기본적으로 독서를 공부와 연관 짓습니다. 책을 읽으면 무언가 얻었다는 느낌을 얻기를 바라지요. 경수필을 읽으면서도 철학과 정치, 경제와 과학과 역사 등의 지식을 접하면 굉장히 충실하고 내실 있는 독서였다는 느낌을 받습니다. 결과적으로 그 글에 공감하는 것은 물론 유익했다는 생각까지 하게 되지요. 다음 예시 글을 한번 보시겠습니다.

> 1602년 이탈리아 화가 카라바조가 예수의 열두 제자 중 한 사람이었던 도마가 예수의 부활을 바로 믿지 못했다는 이야기를 주제로 그린 그림이 있다. 그것이 〈의심하는 도마〉이다. (중략) 한창 우울증으로 심리상담을 받던 시절 서경식 선생님의 《고뇌의 원근법》이라는 책을 보고, 나는 이 그림에 완전히 매료되었다.
> 원화를 보지도 못했고 책으로 도판을 본 것뿐이었지만, 이 그림은 아주 오래도록 내 머릿속에 맴돌았다. 서경식 선생님의 표현대로 상처 입은 생살을 꾀죄죄하게 때

가 낀 손가락으로 바로 휘저을 것만 같은 도마의 모습과 그것을 기꺼이 감내하는 것 같기도 또 말리는 것 같기도 한 예수의 손. 나는 아마 거기서 내 모습을 보고 있었다. 네 명의 인물 모두에게서 나 자신을 보고 있었다. 나는 의심하는 자이자 의심받는 자였고, 상처를 휘젓는 자이자 그것을 막아내는 자였으며, 그런 자신을 맥없이 혹은 열정적으로 들여다보는 자였다(이웃집 퀴어 이반지하, 이반지하, 문학동네, 2021).

위 에세이는 우리가 이 책에서 언급하는 특징이 다수 반영된 책입니다. 기본적으로 웃깁니다. 통쾌한 유머에 페이소스를 담고 있지요. 솔직합니다. 이보다 더 솔직할 수 없을 만큼 예술가로서 생존하고자 자신이 거쳐온 직업, 젠더 지향성과 그와 관련된 일화들을 풀어냅니다. 유머가 담긴 솔직한 일화에는 지은이만의 관점과 통찰력이 담겨 있습니다. 다만, 이 책에는 사람들이 흔히 지식과 정보라고 생각할 만한 내용이 적은데요, 드물게 위 예시문에서 카라바조의 〈의심하는 도마〉라는 그림과 서경식의 《고뇌의 원근법》을 연결 짓고 있습니다. 이 원고는 지은이가 공개하기 힘든 자신의 청소년기 일화를 다루고 있습니다. 많은 사람이 차마 말로 표현하지 못할 힘든 기억을 품고 사는데요, 그것을 용기 있게 드러낸 이 글에서 지은이는 〈의심하는 도마〉와 〈고뇌의 원근법〉을 끌어옵니다. 자신이 겪었던 일과 그것으로 자신이 지나와야 했던 내면의 고통이 어떤 유의 것이었는지 인상적으로 전달합니다. 게다 이 책 전체는 컬러로 인쇄돼 있고, 덕분에 〈의심하는 도마〉도 책에 실려 있어서, 저 같은 미술 문외한 독자는 이런 그림이 세상에 있다는 것과 이 그림을 해석한 책이 있다는 사실도 알게 됩니다. 저는 독서는 공부여야 한다는 니즈는 없지만, 이런 새로운 지식을 접하게 됐을 때 잊지 않으려는 습성이 있습니다.

다음은 우리 예시 글에 지식을 넣어 밑줄로 표시한 것입니다. 여러분이라면 어떤 정보와 지식을 넣었을지 생각해보면서 읽어보셔도 좋겠습니다.

드라마와 직장인
알람 소리에 눈을 떴을 때 아침 8시가 넘어 있었다. 드라마를 정주행하다가 날을 샜기 때문이다. 간신히 세수만 하고 집을 나섰다. 지하철은 늘 그렇듯 만원이었지만 여느 때와는 달리 사람이 많은 건 신경이 쓰이지 않았다. 마음이 조급하기만 했다.

30분 늦게 도착하니 이미 주간회의 중이었다. 팀장이 이만저만 화내는 게 아니었다. 지각은 잘못이지만 그렇게까지 노발대발할 일인가 싶었다. 하루를 경황없이 시작했더니 업무 처리도 원활하게 느껴지지 않았다. 늘 하던 일을 하는데도 계속 실수가 속출했다. 메일을 엉뚱한 거래처에 보냈고, 제출한 결재 서류 날짜도 틀리고, 동료의 말이 한 번에 이해되지 않기도 했다. 그럴 때마다 업무 집중력이 더 떨어졌다. 간신히 하루 업무를 마치고 퇴근하니 아무 의욕이 없어서 식사도 거른 채 티브이만 보다가 일찍 잠자리에 들었다. 첫 단추 잘 끼워야 한단 속담이 괜히 나온 게 아닌가 보다.

그 드라마는 어쩌자고 그렇게 재미있어서 한 직장인의 하루를 이렇게 흔들어놓을까. 무엇보다 나는 대체 왜 그렇게 드라마에 빠져버렸을까? 찾아보니 이유가 있었다. 제임스 갓셜이 쓴 《스토리텔링 애니멀》이라는 책을 보면, '이야기'를 코카인 같은 '마약'이라고 칭한다. 이야기가 지루하고 가혹한 현실에서 도피하기 위한 쓸모없는 마약이라는 갓셜의 극단적인 주장에는 동의하기 어렵지만, 도저히 멈출 수가 없었으니 중독 상태는 맞았던 듯하다. 나와 같은 경험을 한 사람이 있다면 우리가 일일 마약 중독자가 된 건 맞는 것 같은데, OTT 천국에서 사는 사람이라면, 이런 중독을 한 번쯤은 다 경험해보지 않겠는가. 더욱이 나는 딱 한 번 중독됐고 단 한 번 지각했을 뿐이다.

생각해보면 참 야멸찬 일인 게, 아침 출근, 그 첫 단추 한 번 잘못 잠갔다고 그 이후로 죽 엉망이 되다니. 왜 얼른 풀고 다시 채우면 된다거나, 그냥 푼 채로 시원하게 열고 다니라는 속담은 없을까? 우리 사회가 그렇게 엄격하지 않고 그런 반대 속담도 있다면 어쩌면 비록 오늘 지각은 했어도 이렇게 부작용이 심한 하루를 보내진 않았을지도 모른다. 그랬다면 오늘 밤 이렇게까지 피곤하진 않았을 텐데.

계획에서 어긋나는 사소한 상황이 생긴다 해도 뭐든 생각하기 나름이다. 생각의 전환을 빨리 하는 사람이 앞으로 나아가고 자신을 좀 더 사랑할 수 있는 것 아닐까. 만약 어떤 일을 야심차게 시작하는 시점에서 부족하거나 잘못된 점이 발견된다면 당황하지 말자. 처음부터 다시 시작하거나 전혀 다른 결과물로 만들어보는 것도 좋은 방법이다.

갓셜이라는 학자의 의견을 더해서 자신의 경험이 많은 사람이 겪는 일임을 말하고 있으며, 같은 경험을 한 독자를 향해 "우리가 일일 마약 중독자가 된 건 맞는"다는 다소 도발적인 내용으로 공감을 이끌어내는 시도를 하고 있습니다. 전문가의 의견으로 보편성을 획득하고, 독서를 통해 지식과 정보를 얻고자 하는 독자 니즈를 어느 정도 만족시키고 있습니다.

# 정보와 지식이 있는 에세이 써보기

3장에 쓴 글에 지식과 정보를 더할 만한 지점을 찾아 넣어
봅시다.

# 5장

# 결국 모든 길은 제목으로 통한다

제 주변에는 이름을 바꾼 사람이 있습니다. 총 세 명인데요, 두 사람은 호적상 이름은 그냥 두었지만 개명한 이름으로 불리길 바라고, 한 사람은 법적으로 개명까지 했지요. 처음에는 아니 호칭이 뭐 별건가 싶었습니다. 별거더군요. 이름은 그 사람의 이미지에 생각보다 중요한 영향을 미치더라고요. 개명한 이들의 이름을 한번 볼까요.

　수연 -〉 민아
　영란 -〉 수인
　인숙 -〉 혜란

외모에 대한 정보 없이 이름만 보았을 때 왼쪽과 오른쪽 이름은 확연히 다른 느낌을 주지요. 예스럽다면 좀 더 세련되게, 너무 차분한 느낌이라면 발랄한 어감을 살렸다고 보입니다. 어감뿐 아니라 의미도 중요합니다. 인생에 힘든 일이 있었거나, 이름 때문에 평생 큰 놀림을 받았다면 개명을 하지요.

책을 사람에 비유하면 표지는 옷이나 머리 모양, 메이크업 같은 외양이 될 테고, 안에 실린 내용은 생각이 될 테고, 제목은 이름이 될 겁니다. 이름은 내용과 외양 모두를 담고 있는 요소입니다. 물론 패션에 당사자의 가치관이나 성향이 반영되듯 표지도 내용과 어울리도록 디자인되지만 제목만큼 직접적이진 않습니다. 책의 성패를 결정짓는 요소 중 제목의 중요성은 아무리 강조해도 부족합니다.

'나는 그저 에세이 한 편 써보자는 거지 무슨 책이냐' 하실지 모르겠지만, 만약 그 글이 책에 담기지 않고 한 편의 글뿐이라면 제목은 더욱 중요해집니다. 그 글에만 해당하는 표지가 없을 테니, 제목만이 유일한 외적 요소일 테니까요. 또 내가 쓴 글이 모이고 모이면 책 한 권의 분량이 됩니다. 지금은 출간 의지가 없다 해도 쓰다 보면 생길 수 있습니다. 한 편 한 편의 제목이 중요한 까닭은, 그 한 편의 제목이 책 전체의 제목이 되는 경우도 많아서입니다. 그렇다면 에세이에선 무엇이 좋은 제목일까요?

## 좋은 제목의
## 일곱 가지 요건

좋은 제목을 한마디로 정리하긴 어렵습니다. 사람마다 좋다고 느끼는 지점이 다릅니다. 모두의 시선을 잡는 제목이란 세상에 없다고 봐도 무방합니다. 다만 좋은 반응을 얻었던 에세이 제목들의 특징을 몇 가지로 정리해볼 수는 있습니다. 다음은 2022년 상반기 기준, 스테디셀러 중심으로 분석해본 제목들입니다. 더러는 셀러는 아니지만 제가 좋다고 느낀 제목도 끼어 있습니다.

여기서 짚고 넘어가야 할 점은 어떤 유형의 제목이든 기본은 바로 '호기심 자극'이라는 겁니다. 분야를 떠나 뭐니 뭐니 해도 가장 뛰어난 제목은 읽는 순간 흥미를 이끌어내는 겁니다. 내용을 들춰보지도 않았는데 제목 하나로 읽는 이의 궁금증을 유발한다면 대성공이죠. 그런 제목은 보통 사회, 문화, 정치적으로 이슈가 되는 일의 키워드를 활용한 경우가 많습니다. 혹은 의외성이 엿보이거나, 누구나 관심을 둘 법한 권

위자 이름이 들어간 제목입니다. 실례를 한번 살펴볼까요.


1. 사회적 이슈

- 추석이란 무엇인가

- 아무튼, 비건

- 죽은 자의 집 청소

- 마스크가 말해주는 것들

- 나의 MBTI가 궁금하단 마리몽


「추석이란 무엇인가」라는 글은 추석을 앞두고 스트레스를 받을 법한 사람들의 생각과 마음을 위로하고, 추석의 진정한 의미를 되새겨보는 풍자적 칼럼으로서, 주부와 취업준비생 등을 중심으로 큰 반향을 일으켰습니다. 이처럼 사회적으로 이슈가 되는 일의 키워드를 제목에 넣으면 설령 들춰보지 않더라도 관심을 받을 수 있습니다. 《아무튼, 비건》도 채식 운동이 주목받는 사회적 분위기가 반영된 제목이고, 《죽은 자의 집 청소》도 1인가구가 급격히 늘어가는 추세에서 고독사를 암시하는 제목이기에 관심을 끕니다. 《마스크가 말해주는 것들》은 코로나19 시대에 '마스크'에 담긴 의미가 남다르기에 많은 이의 관심을 끌 수 있고, 《나의 MBTI가 궁금하다 마리몽》은 몇 년째 대인기인 MBTI를 제목에 넣어 관심을 유도합니다.

## 2. 의외성 효과

의외성을 담은 제목도 시선을 잡습니다.

- 나는 가해자의 엄마입니다
- 엄마는 행복하지 않다고 했다
- 대통령의 염장이

《나는 가해자의 엄마입니다》는 17년 전 미국에서 있었던 총기 난사 사건과 관계된 에세이라는 점도 남다르지만, 가해자의 엄마라는 걸 전면에 내세웠다는 점에서 눈길을 끕니다. 숨어 지내야 할 것 같은 가해자의 가족이, 그것도 어머니가 제목에서부터 자신을 드러내는 에세이는 굉장한 의외성과 돌발성을 지니면서 독자의 시선을 사로잡습니다. 이와 비슷한 맥락의 제목으로 《엄마는 행복하지 않다고 했다》도 있습니다. '엄마'라는 이름을 들었을 때 사람들이 갖게 되는 일반적인 인상, 즉 따뜻함, 편안함, 강인함을 부인하며 어떤 이야기를 하고 싶어 하는지 궁금하게 합니다. 《대통령의 염장이》

도 맥을 같이합니다. 비선호 직업인 염장이라는 말이 대통령이라는 한 국가의 최고 권력자와 조합되면서 주목도를 높이고 있습니다.

### 3. 권위를 활용

- 김이나의 작사법
- 빨강머리 앤이 하는 말
- 곰돌이 푸, 행복한 일은 매일 있어

위 제목은 어떤 면에서 호기심을 자극할까요? 모두 공통점은 권위에 기댔다는 겁니다. 《김이나의 작사법》은 유명 작사가의 이름을 전면에 내세워 시선을 사로잡습니다. 제목에 유명인의 고유명사가 들어간다면 거의 권위에 기대는 전략을 구사했다고 보시면 됩니다. 아직까지도 많은 이에게 사랑받는 애니메이션을 활용한 《빨강머리 앤이 하는 말》은 빨강머리 앤을 제목에 넣어, 호기심을 자극합니다. 원작이 지닌 유명세와 명성을 적극 활용해 삶의 지혜를 풀어낸 대중 에세이로서 큰 성공을 거두었습니다. 《곰돌이 푸, 행복한 일은 매일 있어》도 같은 유로 분류됩니다.

## 4. 위로와 공감

에세이에는 유난히 자기 자신과 타인을 위로하는 제목이 많습니다. 공감의 손길을 내미는 제목도 많지요. 에세이 분야 베스트셀러 100위권 안에 든 제목들을 보면 수년째 이런 유의 제목이 주를 이루고 있단 사실을 확인할 수 있습니다. 실례들을 보실까요.


- 나에게 고맙다
- 잘했고 잘하고 있고 잘 될 것이다
- 나는 당신이 행복했으면 좋겠습니다
- 애쓰지 않고 편안하게
- 나는 너의 불안이 길지 않았으면 좋겠어
- 좋은 사람에게만 좋은 사람이면 돼
- 하고 싶은 대로 살아도 괜찮아
- 이번 달만 버텨봅시다


위로와 공감이란 어느 시대에나 필요한 사회적 제스처이므로 이렇게 도서 제목에서도 큰 힘을 발휘하겠지만, 이는 시대 변화와도 맞물려 있습니다. 어느 시대보다 개인이 중요시되면서 개인화는 이제 하나의 상식이나 마찬가지입니다. 자연히 자기 자신에게 큰 관심을 기울이지요. 흥미롭게도 이런 자기 관심이 한 발 더 나아가 타인을 향한 위로와 공감과 연대의 목소리로 이어집니다. 노력해도 안정된 삶을 얻기 힘든 현실에서 자기 자신이 누구인지 잘 이해하고 그런 자신을 사랑하고, 모두 그렇게 되자는 일종의 사회적 움직임인 셈입니다. 열심히 해온 너 자신에게 잘했다고 칭찬해주면 좋겠고, 네가 너무 애쓴 나머지 불편해지지 않으면 좋겠고, 함께 이번 달만 잘 버텨서 행복하면 좋겠다는 취지의 작명들입니다. 제목들만 봐도 글의 방향과 분위기가 어떨지 짐작할 수 있지요. 공감과 위로를 표방하는 제목도 결국 추세를 반영했을 때에 큰 힘을 발휘하게 됩니다.

### 5. 함축

- 자기만의 방
- 탱커
- 나는 간이역입니다

위 제목들의 공통점은 무엇일까요? 인상에 남는 제목이기는 하지만 제목만 봐서는 무엇을 말하고 싶어 하는지 한 번에 와닿지 않는다는 것입니다. 제목들이 글의 주제를 함축적이고 상징적이고 비유적으로 전달하고 있기 때문입니다.

버지니아 울프의 《자기만의 방》은 가부장제와 성 불평등 문제를 예리하게 공격한 사회비평적 에세이입니다. 글을 다 읽기 전에는 사춘기 청소년이 자기만의 방을 갖고 싶다는 뜻인지 뭔지 알 수 없지만, 다 읽고 나면 글의 메시지와 제목이 맞물리면서 큰 울림을 남깁니다.

우리가 2장에서 살펴보았던 「탱커」라는 수필은 해당 게임을 모르면 이 제목이 전쟁을 주제로 한 글인지, 밀리터리 마니아가 무기를 다루는 글인지 알 수 없습니다. 다 읽고 나서야 탱커라는 제목이 '버티기'라는 메시지와 닿으며 큰 울림을 남깁니다.

《나는 간이역입니다》도 마찬가지입니다. 자신의 인생을 간이역에 비유해 소소하게 삶의 의미를 되새겨보는 글인지, 간이역 여행기를 담은 글인지, 아니면 둘 모두인지 알 수 없습니다. 다 읽고 나면 제목의 의미를 되새겨보게 되면서 소외된 역인 간이역만을 골라 여행한 지은이의 삶을 바라보는 시선에서 깨달음과 위로를 얻게 됩니다.

이런 제목들을 우리는 흔히 '문학적'이라고 표현합니다. 이 문학적인 제목에 이끌리는 이들이 생각보다 제법 있습니다. 저도 그중 하나입니다.

## 6. 변주

익숙한 표현을 변주하는 제목도 좋은 반응을 얻습니다. 단어 하나만 바꾼다거나, 언어유희를 활용한다거나 하는 식이지요. 다만, 뜻밖의 의미나 인상을 이끌어내야 한다는 미션을 완수해야 합니다.

- 젊은 ADHD의 슬픔
- 다정소감
- 운다고 달라지는 일은 아무것도 없겠지만

맨 첫 제목은 《젊은 베르테르의 슬픔》을 활용한 제목인데요, 이 고전소설의 제목에 ADHD라는 용어를 넣어 웃음을 이끌어내면서 호기심을 자극합니다. 《다정소감》은 다정다감을 살짝 비튼 제목입니다. 언어유희라는 걸 단번에 알려주면서도 어떤 의미로 이런 제목을 썼는지 궁금증을 자극합니다. 《운다고 달라지는 일은 아무것도 없겠지만》은 "운다고 뭐가 달라지냐"라는 일상적 표현에 조용하게 반기를 드는 제목이지요. 달라지는 것도 없는데 계속 울 수밖에 없는 상황에 처해본 이들이라면 이 제목에 호감을 느낄 수밖에 없습니다.

## 7. 정보 전달

키워드로 글의 핵심 소재를 전달하는 제목도 효과적입니다. 그 키워드에 관심 있는 독자라면 생선 가게 앞의 고양이가 되겠죠.


- 돈독한 트레이닝
- 우아하고 호쾌한 여자 축구
- 나의 MBTI가 궁금하단 마리몽


《돈독한 트레이닝》은 이 책의 핵심 소재가 '트레이닝'이란 정보를 전달합니다. 게다 '돈독하다'는 수식을 붙여 좋은 결과를 내는 트레이닝 이야기가 있을 거라는 기대심을 줍니다. 트레이닝에 관심이 있는 독자라면 건너뛰기 어려운 제목입니다. 두 번째 제목은 여자 축구라는 비주류 운동 분야를 과감하게 제목에 내세워 관심이 없던 사람의 흥미까지 불러일으킵니다. 우아하고 호쾌하다는 수식도 내용에 대한 기대심을 줍니다. 세 번째 제목은 대중의 큰 관심을 받는 MBTI가 키워드로 들어가 있기에 많은 독자에게 단번에 큰 관심을 받겠지요. MBTI에 관심이 있는 독자는 이미 알고 있는 내용에 더해 이 책이 무엇을 다루고 있을지 펼쳐볼 확률이 높습니다.

지금까지 어떤 제목이 좋은지 여러 유형을 살펴보았지만, 문장 형태 면에서도 생각해볼 수 있습니다. 가령, 명사형이냐 문장형이냐, 문장형이라면 의문형이냐 명령형이냐 등으로 나뉘지요. 문학에서는, 특히 에세이에서는 제목의 문장 형태에 제한이 없습니다. 어떤 형식이든 위에서 살펴본 특징들이 반영된다면 좋은 제목입니다.

## 제목은
## 언제 붙이면 좋을까?

소위 '삘' 받으면 제목 짓기 건너뛰고 곧장 글을 씁니다. 나쁘지 않은 시작입니다. 도입부에 해당하는 영감을 얻었다면 어서 써야지요. 그렇게 일필휘지로 완성했다면 그다음에 제목을 붙여도 좋습니다. 하지만 누구나, 언제나 한 번에 에세이 한 편을 완성하진 않습니다. 그럴 땐 도입부를 쓴 뒤에 제목을 붙여보면 도움이 됩니다. 의욕을 가지고 시작해도 언젠가 막히는 게 한 편의 글입니다. 그럴 때 제목을 임시로라도 붙여놓으면 써나갈 글의 방향을 잃지 않는 데에 도움이 됩니다. 주요 소재를 가제로 붙여도 좋습니다. 주제가 미리 정해졌다면 그 주제를 가제로 써도 좋습니다. 좋은 가제는 그대로 제목으로 확정되기도 하고, 글을 쓰다 보면 좋은 구절이나 표현, 상징적인 단어 하나 등이 떠올라 제목을 바꾸기도 합니다. 어떤 경우가 되었든 저는 제목을 글을 쓰기 전이나 도입부를 쓰고 난 뒤에라도 꼭 붙이기를 권하는 편입니다.

《난데없이 도스토옙스키》의 경우, 서문을 쓴 뒤에 정해진 제목입니다. 서문을 한 번에 쓴 게 맞습니다. '도스토옙스키를 매개로 하는 자기계발서 형식의 독서 에세이'라는 방향에 꽂힌 뒤 서문을 신나게 썼습니다. 한 30분쯤 걸렸을까요. 다 쓰고 나니, 제목을 뭐라고 붙이면 좋을지 잠시 고민했습니다. 인터넷 플랫폼에 연재할 텐데 나는 무명작가이고, 그렇다면 제목에서 관심을 끌어야 할 텐데, 독서 에세이니까 도스토옙스키를 내세워야겠다, 하지만 도스토옙스키 하면 관심 있는 사람에게나 반가운 이름이지 실용서나 경수필 독자들에게는 굉장히 어렵게 다가가겠지, 나는 내 글이 도스토옙스키 마니아에게만 읽히길 바라는 게 아니야, 그렇다면 이 이름의 무게감을 조금이라도 덜어낼 만한 수식이 필요해… 이런 연상 끝에 '난데없다'는 다소 방정맞은 수식이 떠올랐고, '난데없이 도스토옙스키'라는 구절을 서문에 추가해 퇴고했습니다. 권위를 활용한 동시에 의외성 효과를 노린 사례입니다. 이 가제는 그대로 책의 제목이 되었고, 도스토옙스키에게 관심이 없던 사람도 제목이 괜찮다는 의견을 줄 때, 남몰래 씩 웃었지요. 이 제목은 한 권의 수필집을 완성할 때까지 저를 따라다니며 책의 목표와 분위기를 잡아주는 이정표 역할을 했습니다.

제목은 한 편의 글을 쓰기 전, 최소 도입부를 쓴 뒤 붙여보세요. 그것은 가제일 확률이 높지만, 분명 글을 쓰는 이의 나침반 역할을 해줍니다.

# 제목 붙여보기

---

눈치채셨는지 모르겠지만 4장에서 우리 예시 글에 「드라마와 직장인」이라는 제목을 붙였습니다. OTT 드라마에 빠져 직장에 지각한 회사원 이야기이다 보니 키워드만 가제에 넣은 것이지요. 사실 글을 쓰던 중에 새로운 제목이 생각났습니다. "첫 단추를 잘 끼워야 한다"란 속담에 이의를 제기하는 대목에서 힌트를 얻어 「첫 단추 잘못 끼워도 괜찮다」로 수정했어요. 누구나 아는 속담을 비틀어 흥미를 이끌어내기 위한 시도로서, 앞에서 말한 호감을 이끌어내는 제목의 '변주'에 해당하는 특징입니다. 이 제목의 단점은 글을 다 읽어야 어떤 내용이지 알 수 있다는 겁니다. 무엇이 더 독자에게 좋은 제목으로 다가갈지 고민이 필요합니다. 여러분은 둘 중 어떤 제목이 더 나아 보이나요?

이제 계속 써오고 있는 여러분의 글에 제목을 붙여 보세요. 4장에 쓴 글을 다시 한번 읽어보며 제목을 붙여보는 겁니다. 이미 가제를 붙인 분은 더 좋은 제목을 생각하며 후보들을 뽑아보세요. 최대한 많이 뽑아보세요. 후보들끼리 조합해 괜찮은 제목이 탄생하기도 합니다.

①

②

③

④

⑤

# 6장

# 유머, 내 글을 군침 돌게 만드는 감칠맛

많은 사람이 이상형으로 '유머 감각이 있는 사람'을 듭니다. 이유가 뭘까요? 만약 친구나 가족, 연인과 말다툼을 하다가 농담 한마디에 화가 누그러진 경험이 있다면 이해할 수 있을 겁니다. 대단히 긴장된 상황에서 누군가 던진 농담 한마디에 웃어본 적이 있는 사람도 이해할 수 있겠죠.

실제로 유머는 사람에게 스트레스를 주는 긴장과 화와 불안을 완화해주고 결과적으로 관계 진전에도 힘을 준다고 합니다. 정신건강의학과 전문의 박한선의 말에 따르면 어떤 정신과 의사는 첫 면담을 시작할 때 농담부터 꺼낸다고 합니다. 의사와 환자의 관계를 부드럽게 만들어주고, 긴장된 마음도 풀어주기 때문이지요. 진단적 목적도 있다고 합니다. 만약 농담을 이해하지 못하거나 모욕을 당했다며 화를 낸다면 그 환자는 증상도 심하고 예후도 안 좋으리라 짐작한다고 합니다. 반면 농담을 먼저 던지는 환자는 치료 경과도 좋을 가능성이 높다고 해요(《경향신문》, "농담이 두려운 세상", 2021.09.14).

알랭 드 보통이 쓴 《불안》이라는 에세이에서 유머를 같은 맥락에서 이해하고 있습니다. "많은 유머가 자기에 대한 불안에 이름을 붙이고, 그럼으로써 억제하려는 시도라는 것도 놀랄 일은 아니다"(216쪽).

유머의 힘이 이러하니 위트 있는 사람이 인기 있는 건 매우 자연스러운 현상입니다. 글에서도 유머는 큰 힘을 발휘합니다. 같은 내용을 다룬다면 유머가 있는 글은 없는 글에 비해 독자의 호감을 훨씬 크게 얻습니다.

## 독자를
## 웃긴다는 것의 의미

유머의 파급력을 인지하고 있었기 때문이겠죠. 제가 첫 에세이집을 출간한 뒤 들었던 소감 중 가장 기쁜 말은 "웃기다"였습니다. 왜냐하면 도스토옙스키는 읽기 어렵다는 선입견 때문에 유명세만큼은 읽히지 않은 작가이기도 해서입니다.

이런 선입견을 불식하기 위해 저는 되도록 위트 있게 쓰고 싶었습니다. 진지하게 다뤄지는 대상일수록 유머를 더하면 친근하게 느껴지니까요. 제 유머가 모두를 웃기진 못했지만 일부나마 그렇게 느꼈다고 하시니 조금은 뿌듯했습니다.

이러한 이유로 제목에서부터 개그 본능을 발휘하는 에세이가 많습니다. 몇 가지를 예로 들어볼까요.

- 하마터면 열심히 살 뻔했다
- 우리가 돈이 없지, 안목이 없냐
- 갈팡질팡하다 내 이럴 줄 알았지
- 뭐라도 되겠지

위 제목들의 공통점은 제목이란 모름지기 멋들어져야 한다는 부담감을 내려놓은 데에 있고, 바로 거기에서 웃음이 터집니다. 그냥 친구한테 건네는 '맥주나 한잔할래'처럼 무게감이 전혀 느껴지지 않지만, 그것이 무려 제목이라는 위치에 놓였을 때 픽 웃음이 나면서 와 이 에세이 사실 엄청 심오하고, 예리하고, 그러면서도 그걸 웃기게 전달하는 글이 아닐까 하는 호기심을 자극합니다.

이쯤 되면 우리의 고민은 깊어질 만합니다. 타고난 유머 감각이 있다면 모를까, 글을 쓰고자 하는 이들 중 많은 사람이 말보다는 생각을 훨씬 많이 하는 편이기 때문에 순발력, 용기, 본능적인 감각을 요하는 유머 앞에서 작아질 수 있습니다. 실제로 이반지하라는 작가는 자신의 책에서 유머를 즐겨 하는 자신의 심리를 이렇게 묘사했습니다. "나는 악보를 보고 악기를 연주하기 전에 눈으로 미리 몇 마디를 앞서가듯이, 순간순간 상황을 보고 조금씩 앞을 내다보면서 말을 만들어내는 것이 특히 재미있다. 물론 이렇게 하는 것은 '즉흥'의 영역이라 웃김 실패의 확률도 엄청 큰데, 그만큼 성공했을 때의 희열도 엄청나서 아드레날린 분출이 어마어마하다. 활화산 같은 아드레날린 속에서 긴장도 높은 웃김 도박이 시작되는 것이다"(《이웃집 퀴어 이반지하》, 223쪽).

한 발 미리 상황을 내다보고 잽싸게 즉흥적으로 도박하듯이 내던지는 것이 유머라니, '느린 정신의 아름다움'을 실천하며 사는 저 역시 유머 앞에서 작아질 수밖에 없습니다. 그저 타인의 초급 유머에도 감탄하면서 어깨를 들썩일 뿐입니다. 하지만 에세이는 말이 아니라 글입니다. 유머 감각이 부족해도 노력하면 어느 정도는 발휘할 수 있단 말이죠. 만나면 '노잼'인데 글로는 '꿀잼'인 사람이 의외로 많습니다.

## 네 가지
## 유머의 기술

유머란 대체로 그 상황에 딱 들어맞는 표현과 순발력과 미묘한 의미 등을 잘 잡아낼 때에야 발휘되기 때문에 참 까다로운 녀석입니다. 어떤 유머는 그 나라 사람에게만, 그 학교 사람에게만, 그 회사 사람에게만, 그 세대에게만 통하는 이유도 특정 맥락에서 나오는 웃음의 요소가 많기 때문입니다. 이렇게 까다로운 유머를 자기 글에 담고자 할 때 사용할 수 있는 고전적인 기술을 몇 가지로 정리해볼까요.

**1. 언어유희**

언어유희 하면 딱 떠오르는 말이 있지요. 동음이의어. 음은 같지만 전혀 다른 의미의 다른 단어와 조합하는 겁니다. 가령, 이런 상황이지요.

"노인들이 가장 좋아하는 관광지는? 나이아가라 폭포." "과일 중에 가장 뜨거운 과일은? 천도복숭아." 띄어쓰기를 활용한 언어유희도 있습니다. 고전적인 예시로는 "아버지가 방에 들어가신다"를 "아버지 가방에 들어가신다"가 있습니다. 물론 이런 동음이의어만이 언의유희는 아닙니다. "모히또에 가서 몰디브나 한잔하자" 같은 도치도 언어유희이고요. 말이나 글자를 소재로 하는 유머 전체가 언어유희이며, 이런 걸 흔히 말장난이라고 합니다.

이런 단순 유희를 굉장히 싫어하는 분도 있습니다. 아무 의미가 없다는 거죠. 이에 대해 저는 움베르트 에코의 말을 들려드리고 싶은데요, 그는 자신의 책《세상의 바보들에게 웃으면서 화낸 법》을 가리켜 일차적으로 재미를 주기 위해 쓰였으며 "나는 재미를 누릴 권리를 옹호한다"고 말했습니다. 재미 자체로도 의미가 있다는 뜻입니다. 하지만 글이라면 웃음에 더한 무언가가 추가되면 더 좋습니다. 에코도 재미가 사고 능력과 언어 능력을 키우는 데에 도움이 된다면 더더욱 좋다고 했습니다. 다음은 재미있어서 그 자체로도 좋은데, 사고 능력과 언어 능력까지 키우는 데에 도움이 되는 언어유희의 예입니다.

협상의 목적이든, 거절 의사의 전달이든 내 입장을 최대한 설명하고자 애쓴다. 나를 몰라준다는 괜한 오해와 서운함을 쌓지 않기 위해 내 사정을 말하고, 상대의 입장을 경청한다. 만족스럽지 않은 결과가 나오더라도 덜 싫어하고 빨리 받아들여야, 다음 일을 준비할 멘탈을 관리

할 수 있기 때문이다. 누구든 마찬가지겠지만 프리랜서에게는 멘탈이 전부라 해도 과언이 아니다. 멘탈이 털리면 통장도 털리고 그러다 보면 남아 있던 머리카락도 털린다! 다 같이 일어나 '털기춤'이나 한번 추고 힘을 내는 편이 좋다. 으라차차!(《일상, 다 반사》, 키크니, 샘터사, 2019, 29쪽)

'털리다'라는 단어 하나로 언어유희를 펼치면서 동시에 프리랜서의 애환과 연결 짓습니다. 유머로 글쓴이가 말하고자 하는 바를 더욱 인상적으로 전달했습니다.

### 2. 과장

유머에서 과장도 빼놓을 수 없습니다(차장이나 대리는 모르는 영역이지요. 외면하시는군요. 흑흑.)

우르오스라는 남성 화장품 광고 보신 적 있나요? 저는 그 광고를 볼 때마다 핏 하고 웃음이 났습니다. 광고의 본질이 과장과 허세라곤 하지만 너무 비약이 심해서이죠. 면접관인 사장과 임원진이 있고 그 앞에서 입사 지원자가 있습니다. 사장이 묻습니다. "자네 스킨 로션 뭐 쓰나?" 지원자가 답합니다. "우르오스 씁니다." 그러자 사장이 말하죠. "합격." 같은 면접관들이 황당해하는 중 사장이 발랄하고 단호한 어조로 말합니다. "기본에 충실하고 시간을 아끼며 자기관리에 철저한 인재야. 뽑아!"

와 과장도 이런 과장이 없죠. 화장품 하나 잘 쓰면 대기업에도 막 합격하고 말이지요. 그렇지만 우르오스가 어떤 장점이 있는 화장품인지 이런 과장된 표현을 통해 효과적으로 전달했습니다. 에세이에서도 이런 과장과 비약을 적절히 활용하면 독자에게 웃음을 안겨주면서 무엇을 표현하고 싶은지 인상적으로 전달됩니다. 다음 예를 살펴보실까요.

언젠가 매슬로의 욕구단계 이론 중 자아실현 욕구는 물론, 존경의 욕구와 애정·공감의 욕구, 그리고 안전의 욕구와 생리적 욕구를 초월하는 인간의 가장 기본적인 욕구가 '와이파이'라는 도형을 본 적이 있는데, 처절히 공감하고 있다.

피라미드 토대가 되는 가장 밑바닥에서 와이파이가 든든하게 상술한 욕구들을 받쳐 줘야 밥도 안 체하게 먹고, 길도 안전하게 찾아가고, '좋아요'로 공감도 받고, (중략) 글도 업로드하여 작가로서의 자아실현도 이룰 수 있는 것이다. 매슬로가 1970년에 사망했기 망정이지, 무병장수하여 현재까지 그 생을 유지하고 있었다면, '와이파이'라는 전대미문의 변수에 직격탄을 맞아 대학자로서 체면이 말이 아니었을 것이다(《베를린 일기》, 최민석, 민음사, 2016년, 13~4쪽).

에세이 시작부터 웃음을 자아내는 《베를린 일기》는 최민석 소설가가 베를린에 90일간 머물며 쓴 일기를 모은 에세이집입니다. 시종일관 참신한 비유와 과장이 짝을 이룬 유머가 콸콸 쏟아지는 산문집이지요. 그러면서도 소설가 특유의 진지함과 고독한 정서를 잘 담아내기도 했습니다.

위 인용문은 베를린 체류 2일 차에 와이파이를 쓰기 위해 고군분투했던 일화로서, 한국과 달리 와이파이 사용 문화가 얼마나 번거로웠는지 매슬로의 욕구단계 이론의 가장 바닥에 와이파이가 있다고 태연하게 과장함으로써 당사자가 겪었던 애로를 인상적으로 전달하고 있습니다. 설령 독자가 작가의 모든 생각과 표현에 공감할 순 없다 해도 연이어지는 재치 있는 유머는 이 책을 끝까지 읽는 데에 큰 요인으로 작용합니다.

다음도 같은 책의 일부입니다. 과장된 표현으로 독자의 웃음을 자아내는데요, 단순 과장이 아니라 비유와 만나 훨씬 더 큰 웃음 효과를 냅니다.

이 글은 냄비에 밥을 안쳐 놓고 쓰고 있다. (…) 나는 이 감격적이고 경이로운 순간을 위해 본능적으로 투명한 냄비 뚜껑을 택했다. 지금 이 기록을 남기며 냄비 안의 쌀이 열정적으로 끓어오르는 광경을 주시하고 있다. 밥이 끓는 소리는 대지를 울리며 진군하는 게르만 전차의 소리 같으며, 밥이 지어지는 향기는 기억도 나지 않는 엄마 배 속의 포근한 품내 같다(같은 책, 44쪽).

선배는 폴란드가 적적한 듯, "베를린에 있어서 좋겠어요. 볼 것도 많고!"라고 했는데, 나는 몹시 고독한 표정을 지으며 "헤르만 헤세가 졌다고 할 만큼 외로운 생활을 하고 있어서, 의도치 않게 매일 글을 쓰고 있습니다."라고 답했다. 오늘도 그런 이유로 낭독회까지 왔다고 하니, 그녀는 문인 선배가 아니라 인생의 선배처럼 "그건 도시의 문제가 아니라, 민석 씨 개인의 문제"라며, 진정 애틋한 눈빛으로 "어서 여자를 만나야 할 텐데……"라며 지구를 걱정하는 그린피스 대표처럼 애통해했다. 알아요. 알아! 나도 어서 짝을 만나야 할 텐데 말이죠(같은 책, 136쪽).

## 3. 풍자

'풍자'란 현실의 부정적인 현상이나 모순 따위를 무언가에 빗대어 비웃는 것을 말합니다. 비슷한 표현으로는 '블랙 코미디'가 있습니다. 잔혹함, 부조리, 절망, 죽음 같은 어두운 소재를 익살스럽게 표현하는 걸 흔히 블랙 코미디라고 합니다. 에세이는 자기 생각을 직접적으로 드러내는 분야이므로 비판적 관점을 기초에 두는 경우가 많아서 이러한 어두운 소재와 그리 멀리 있지 않습니다. 공감과 위로를 건네는 에세이조차 개인을 힘들게 하는 사회 현상을 극복하려는 의지로 쓰이는 경우가 많지요. 이런 비판적 관점을 유머로 승화할 때 독자는 카타르시스를 느끼면서 부정적인 사회 현상을 더욱 강하게 인지하게 됩니다. 예시문을 한번 볼까요.

국회의원들은 마피아와 일체 관계를 맺지 말아야 한다. 마피아와 관계를 맺었다가는 대부의 손에 입맞추는 것을 피할 수 없게 된다. 나폴리의 마피아와 결탁하는 것은 더더욱 삼가야 한다. 그들에겐 서로 피를 나누는 의식이 있기 때문이다. 가톨릭계를 출세의 발판으로 삼고자 하는 정치인들은 성찬식을 피하는 것이 좋다. 사제의 손가락을 통해서 병원균이 입에서 입으로 옮겨질 가능성이 있기 때문이다. 고백 성사 때의 위험에 대해서는 더 이상 이야기하지 않겠다(움베르트 에코,《세상의 바보들에게 웃으면서 화내는 법》,「전염병에 걸리지 않는 방법」, 열린책들, 2003년, 202쪽.

위 글만 보면 무엇을 빗댄 풍자인지 짐작하기 힘든데요, "민주주의적인 관점이 결여된 에이즈 공포증 환자", 즉 동성애는 곧 에이즈의 발원지이며 작은 접촉만으로도 그 질병이 옮는다는 사회적 편견에 빠진 이들의 언행을 풍자한 글입니다. 에코는 이 책에서 다양한 내용의 풍자를 보여주는데요, 위와 같은 글을 특히 '패러디'라고도 합니다. 에이즈와 동성애자에 편견을 가진 이들의 생각을 그대로 흉내 내 에코는 자신의 비판적 관점을 익살스럽게 표현하고 있습니다.

패러디가 아닌 일반적인 풍자로 최근 가장 많이 회자된 글 하나를 꼽으라면 경향신문의 칼럼「추석이란 무엇인가」를 들고 싶습니다. 명절에 가족이 모인 자리에서 주고받게 되는 불편한 대화의 의미를 날카롭게 풍자했던 글이었지요. 가령 집안어른이 언제 취업할 거냐, 결혼은 언제 하냐, 아이는 언제 낳느냐 같은 편치 않은 질문을 하면 후손이란 무엇인가, 외로움이란 무엇인가, 추석이란 무엇인가 같은 근본적인 질문을 던짐으로써 새로운 정체성을 구성해보라는 취지의 글이었습니다. 옳지 않은 타인의 질문에 되돌려주라는 진지한 질문의 내용이 웃음을 자아내면서 많은 이의 공감을 샀습니다.

'자학 유머'도 개인 차원의 풍자입니다. 흔히 제일 손쉬운 유머 기술로 여겨지는 게 자기 비하와 자기 공격이기도 합니다. 한때 많은 개그 프로그램에서 상대의 외모 비하를 개그 방법으로 써먹곤 했습니다. 다행히 인종, 민족, 성별, 언어, 종교 등의 이슈에서 편견과 차별이 없는 표현을 써야 한다는 '정치적 올바름'이 중시되면서 상대 비하 유머는 점차 사라지고 있습니다. 대신 자학, 다른 말로 자기 비하(자조, 셀프 디스) 개그는 심심치 않게 등장합니다. 자기 피알을 해도 부족한 시대에 자학이라니, 그게 어떻게 유머의 기술이냐고 반문하는 이도 있을 겁니다. 이는 자조나 자학이 열등감의 소산이라고만 생각하기 때문인 듯합니다.

자학은 굉장히 다양한 면모가 있습니다. 자신의 약점이나 실패를 적절히 희화화하는 것엔 자신의 부정적 면을 드러내면서 그것으로 받은 스트레스를 해소해주는 힘이 있지요. 동시에 상대는 이 사람이 자신을 낮추고 나를 존중해주고 있다는 인상을 받게 돼 경직된 마음이 풀립니다. 자연히 마음의 거리를 좁혀주는 효과가 있죠. 따지고 보면, 유명한 슬랩스틱 코미디도 일종의 자학 개그이지만, 우리는 몸 개그의 정수를 보여주었던 찰리 채플린을 존경하지, 무시하지 않습니다.

중요한 건 균형감입니다. 자신을 진짜 패배자라거나 단점 투성이의 인간으로 여기고 있다면 자학 유머는 사용하지 않는 편이 좋다고 생각합니다. 자신을 깊이 힘들게 하는 심각한 면을 부각하지 않아야 한다는 뜻입니다. 부족한 자기 모습을 있는 그대로 인정하며 더 나은 존재가 될 수 있다는 확신을 바탕으로 그러한 유머를 구사할 때 듣는 이도 순수하게 웃을 수 있습니다. 그럴 때의 자학은 진짜 비하가 아니라 하나의 유머의 기술로 기능하기 때문입니다. 수위도 중요합니다. 지나친 자기비하는 유머라는 목적을 달성하기 어렵습니다. 말하자면, 약간의 비하, 약간의 자조, 약간의 셀프 디스가 필요하다는 겁니다. 다음은 자학 유머를 담은 에세이의 일부입니다. 여러분도 한번 읽어보면서 위와 같은 긍정적인 심리 작용이 생기는지 짚어보면 좋겠네요.

"똑같은 책을 세 권이나…… 괜찮으세요?" 서점 직원에게 이런 확인을 받은 경험이 있는가? 한 권이랑 세 권도 구별하지 못하는 인간처럼 보이면서까지 자기 책을 사보라. 그것을 하루에 두 번씩 3일간 그렇게 한 후에 점원이 "츠지야 씨이지요?" 이렇게 말을 걸면 기분이 어떨지 상상이나 되는지?

내가 쓴 책을 서점에서 샀다고 제자 사이몬 후미에게 말했다. 그녀는 "네? 본인이 직접 샀다고요?" 하고 놀라며 온몸을 흔들면서 웃었다. 폭소를 터뜨리라고는 생각도 못 했다. 내가 이렇게 유머 감각이 뛰어난 줄은 몰랐다 (《홍차를 주문하는 법》, 츠지야 겐지).

세상이 어떻게 된 모양인지 지금은 누구나 휴대전화를 갖고 있다. 그런데 내 책을 소유한 사람은 거의 없다. 내 책은 휴대전화보다 훨씬 싸고 기본 사용료를 낼 필요도 없고 심지어 냄비 받침대로 활용할 수도 있다(같은 책).

《홍차를 주문하는 법》은 도쿄 대학교 철학과 교수가 한 매체에 연재했던 유머 에세이를 한 권으로 묶은 수필집입니다. 철학과 교수가 시시껄렁한 말장난으로 책 한 권을 낼 수 있는지 보여주기로 작정했나 싶을 만큼, 가볍디가벼운 농담으로 점철된 책이지요. 여러 유머의 기술, 즉 반전, 과장, 의외성, 모순, 반어법 등을 사용해 웃음을 유도하고 있다는 점에서 참

고할 점이 제법 있습니다.

위 두 인용문은 책을 출간했으나 기대한 만큼의 독자 반응이 이어지지 않자, 속상하고 부끄러운 자신의 상황을 자학 유머로 승화한 글입니다. 출간해본 적이 있거나 출간하고 싶어 하는 이들이라면, 또 책 읽기를 좋아하는 독자라면 공감하며 웃을 수밖에 없는 내용을 위트 있게 풀어냈습니다.

### 4. 의외성

의외성이란 조합될 수 없는 것들끼리 붙었을 때에 생깁니다. 두 사실이 이치상 어긋나는 경우를 뜻하는데요, 이를 흔히 '모순'이라고 합니다. "따뜻한 아이스 아메리카노 주세요."도 모순 유머라고 할 수 있겠네요. 이처럼 말도 안 되는 걸 태연하게 말하면 유머가 됩니다. 에세이에서 이런 모순을 활용한 예를 한번 찾아보았습니다.

> "스파이어 윌콕스 집안사람들이 가네요, 엄마!" 1892년 《펀치punch》에 실린 만화에서 봄날 아침에 하이드 파크를 걷던 딸은 어머니에게 소리친다. "우리와 사귀고 싶어 죽을 지경이라는 이야기를 들었는데, 부르는 게 좋을까요?"

"안 되지, 얘야." 어머니가 대답한다. "우리와 사귀고 싶어 죽을 지경인 사람들은 우리가 사귈 만한 사람들이 아니야. 우리가 사귈 만한 사람들은 오직 우리와 사귀고 싶어 하지 않는 사람들뿐이란다"(《불안》, 알랭 드 보통, 정영목 옮김, 은행나무, 37~38쪽).

개인의 불안을 사회적 관점에서 고찰한 에세이 《불안》의 한 대목입니다. 인간의 속물근성을 다룬 부분인데요, 우리와 사귈 만한 사람들은 우리와 사귀고 싶어 하지 않는 사람들뿐이라는 말 자체가 모순이지요. 결국 사귀지 못할 거란 뜻이고, 이런 모순적인 표현으로 냉소를 이끌어내면서도, 속물근성이 인간에게 어떤 불안감을 안겨주는지 인상적으로 전달하고 있습니다.

의외성은 '반전'에서도 생깁니다. 글의 흐름상 당연히 A라고 말할 줄 알았는데, 반대되는 말을 하면 이를 반전이라고 생각해 독자는 웃게 됩니다. 예를 한번 들어볼까요.

목소리가 피치 위를 쩌렁쩌렁 울렸다. 다른 FC페니 선수들도 일어나 "그래, 한 골 넣자!"며 박수와 환호를 보냈다. 순간, 피치 위를 감싸고 있던 후덥지근한 공기가 긴장으로 팽팽하게 당겨지는 듯하더니 우리 팀 선수들의 눈빛에 무언가 반짝이기 시작하며 대역전의 서막이 열렸다, 같은 건 스포츠 만화 속에서나 일어나는 일이다. (중략) 종료 휘슬과 함께 최종 스코어 0 대 5(《우아하고 호쾌한 여자 축구》, 김혼비, 민음사, 107쪽).

소소한 반전 유머는 지나친 진지함을 멀리하게 해주어 읽는 이의 긴장과 부담을 덜어줍니다.

'반어법(역설)'도 의외성에 속합니다. 반대로 표현함으로써 원래 전하고자 하는 의도를 강하게 전달하는 방법이 반어법이죠. 모든 반어법이 꼭 유머를 위해서 사용되지는 않지만, 이를 잘 활용하면 유머가 되기도 합니다. 다음 예를 한번 살펴보실까요.

지난번 밸런타인데이에도 그랬다. 나에게 초콜릿을 주고 싶어 했던 여성이 통근길에는 물론 대학에 도착할 때까지 총 200명은 됐는데 공교롭게도 내가 바쁘거나 건네받을 여유가 없어서, 하나같이 나에게 전해줄 기회를 놓쳤다. 그들은 하는 수 없이 원하지도 않는 남성에게 남자에게 초콜릿을 줘버린 걸까? 딱하다(《홍차를 주문하는 방법》, 츠치야 겐지).

위 유머는 바로 '반어법'을 사용한 내용입니다. 인기 없는 남성이 사실은 자신이 굉장한 인기남이라는 식으로, 다만 여성들이 자신에게 마음을 전할 기회를 놓쳤다고 반대로 표현하면서 독자의 웃음을 유도하고 있습니다.

⌒⌒⌒
### 웃기지 않아도 되는 글과
### 웃기면 좋은 글의 차이

유머가 이렇게나 좋은 거라면, 에세이를 쓸 때 반드시 유머를 넣어야 하는지 궁금해집니다. 당연히 아닙니다. 세상에 뛰어난 모든 에세이에 유머가 들어 있지는 않아요. 진중한 글을 좋아하는 독자도 많습니다. 1988년에 초판이 출간된 신영복의 《감옥으로부터의 사색》만 보아도 유머가 전무합니다. 수감 생활을 하며 가족들에게 보낸 편지가 주를 이루는 이 에세이는 시종일관 진중하고 사색적이며 통찰적인 분위기를 유지하고 있습니다. 책 한 장 한 장을 쉬이 넘길 수 없을 만큼 저자 내면의 깊이가 남다른 이 책은 아직까지도 독자들에게 큰 울림을 주며 한국 현대 고전 에세이로 꼽히고 있지요.

유머는, 말하자면 토핑 같은 겁니다. 통밀빵이나 카스텔라에 얹는 블루베리, 초콜릿, 딸기, 견과 같은 존재라고 말씀드리고 싶네요. 없어도 맛있지만 있으면 새로운 맛이 더해져 풍미가 배가되는 효과를 주는 요소라 할 수 있습니다. 대체로 읽는 이의 호감을 사고, 메시지를 좀 더 인상적으로 전달할 수 있으며, 글쓴이와 독자와의 심리적 거리를 줄이는 방법으로 유용한 기술이 유머입니다. 글의 성격에 따라 적절히 이용하면 좋지요. 다음은 우리 예시 글에 유머를 가미해본 것입니다.

첫 단추는 잘못 끼워도 된다

알람 소리에 눈을 떴을 때 아침 8시가 넘어 있었다. 드라마를 정주행하다가 날을 샜기 때문이다. 출근 속도를 고양시키기 위해 고양이세수만 하고[언어유희] 집을 나섰다. 지하철은 늘 그렇듯 만원이었지만 여느 때와는 달리 사람이 많은 건 신경이 쓰이지 않았다. 마음이 조급하기만 했다. 30분 늦게 도착하니 우리 팀은 제3차 세계대전에 앞서 군사 전략을 위한 주간회의를 하고 있었다.[과장, 반어법] 팀장이 이만저만 화가 난 게 아니었다. 지각은 분명 잘못이지만 나 하나 좀 늦는다고 군사 전략을 세우지 못하는 것도 아니고[상동] 그렇게 노발대발할 일인가 싶었다.

하루를 경황없이 시작했더니 업무 처리도 원활하게 느껴지지 않았다. 늘 하던 일을 하는데도 계속 실수가 속출했다. 메일을 엉뚱한 거래처에 보냈고, 제출한 결재 서류 날짜도 틀리고, 동료의 말이 한 번에 이해되지 않기도 했다. 그럴 때마다 업무 집중력이 더 떨어졌다. 간신히 하루 업무를 마치고 퇴근하니 아무 의욕이 없어서 식사도 거른 채 거름뱅이 꼴로[언어유희, 자기비하] 티브이만 보다가 일찍 잠자리에 들었다. 첫 단추 잘 끼워야 한단 속담이 괜히 나온 게 아닌가 보다.

그 드라마는 어쩌자고 그렇게 재미있어서 한 직장인의 하루를 이렇게 젤리쉑쉑처럼 흔들어놓을까. 제임스 갓셜이 쓴《스토리텔링 애니멀》이라는 책을 보면, 이야기를 코카인 같은 '마약'이라고 칭한다. 지루하고 가혹한 현실에서 도피하기 위한 쓸모없는 마약이라는 갓셜의 극단적인 주장에는 동의하기 어렵지만, 도저히 멈출 수가 없었으니 중독 상태는 맞았던 듯하다. 나와 같은 경험을 한 사람이 있다면 우리가 일일 마약 중독자가 된 건 맞는 것 같은데 하지만 나는 딱 한 번 중독됐고 지각했을 뿐이다.

생각해보면 참 야멸찬 일인 게, 아침 출근, 그 첫 단추 한 번 잘못 잠갔다고 그 이후로 죽 엉망이 되다니. 왜 얼른 풀고 다시 채우면 된다거나, 그냥 푼 채로 시원하게 열고 다니라는 속담은 없을까? 우리 사회가 그렇게 엄격하지 않고 그런 반대 속담도 있다면 어쩌면 비록 오늘 지각은 했어도 이렇게 부작용이 심한 하루를 보내진 않았을지도 모른다. 그랬다면 오늘 밤 이렇게까지 전사자 신세를 겨우 면한 패잔병이 돼 있진 않을 텐데.[자기비하, 과장] 계획에서 어긋나는 사소한 상황이 생긴다 해도 뭐든 생각하기 나름이므로 생각의 전환을 빨리 하는 사람이 앞으로 나아가고 자신을 좀 더 사랑할 수 있는 것 아닐까. 만약 어떤 일을 야심차게 시작하는 시점에서 부족하거나 잘못된 점이 발견된다면 당황하지 말자. 처음부터 다시 시작하거나 전혀 다른 결과물로 만들어보는 것도 좋은 방법이다.

# 내 글에 유머를 더해보기

자신의 글에 유머의 기술을 발휘해 위트를 더해보세요.

# 7장

# 밑줄 치고 싶은 문장 만들기

가수에게 '표현력'이 좋다고 칭찬한다면 음의 고저와 리듬감을 자유자재로 구사하고 가사 내용에 따라 강약의 포인트를 조절해 그 노래의 메시지를 전달하는 능력이 뛰어나다는 뜻이겠지요. 청자는 그 노래에 깊이 빠지게 됩니다. 화가에게 '표현력'이 좋다고 칭찬한다면 그림에 담긴 장면을 묘사하는 탄탄한 필력과 색감이 뛰어나다는 뜻일 겁니다. 감상자의 시선은 그 그림에 오랫동안 머뭅니다. 글을 쓰는 작가에게 표현력이 뛰어나다고 한다면 어떤 의미일까요? 사용 어휘가 풍성하고, 문장 연결에 리듬감이 있으며, 참신한 비유가 있어 글의 메시지가 인상적으로 가닿는다는 뜻입니다. 독자는 여러 곳에 밑줄을 치고, 다 읽고 난 뒤에도 오랫동안 그 글을 기억

합니다.

우리는 6장까지 좋은 에세이의 특징을 살펴보았으나 기술적인 면은 다룬 적이 없습니다. 프롤로그에서 말씀드렸듯이 저는 기술이 좀 부족하더라도 좋은 특징들이 살아 있다면 더 뛰어난 글이라고 생각하기 때문입니다. 다만, 이런 특징들 위에 표현력까지 뛰어나다고 해서 누가 뭐라고 하겠습니까. 더 좋다고 하겠죠. 마치 연비와 내구성도 뛰어난데 디자인까지 미려해서 소비자의 마음을 사로잡는 자동차가 되는 것과 같습니다. 글의 표현력을 높여주는 기술에는 무엇이 있는지, 그 기술을 갖추기 위한 방법은 무엇인지 좀 더 자세히 살펴볼까요.

## 어휘력이 부족할 때 쓰는 방법

어휘력이 중요하다는 얘기를 많이 들어보셨을 테지요. 아는 단어가 많다면 같은 말인데도 다채롭다는 느낌을 줄 수 있습니다. 글을 쓰다 보면 어쩔 수 없이 한 문장 안에서 같은 단어를 써야 할 때가 있습니다. 앞에서 A라는 단어를 쓰고, 뒤에서도 A라는 단어를 쓰면 이를 '동어 반복'이라고들 하며 되도록 그러지 말아야 한다고들 합니다. 그렇다고 뒤에 나오는 A를 단지 '그것'이라고만 하면 문장 의미가 모호해질 때도 있습니다. 이럴 때 아는 단어가 많으면 유리합니다.

많은 분이 남들은 잘 모르는 단어를 많이 아는 게 어휘력이라고들 생각합니다. 네 맞는 말입니다. 하지만 누구나 아는 쉬운 말로 진솔하게 표현하는 글도 좋은 글이 됩니다. 어휘력이 풍부해지면 글을 써야지, 라고 생각하는 건 다시 태어나서 대작가가 되어야지, 와 같은 말입니다. 어휘는 그냥 많이 읽고 쓰면서 짬짬이 익히면 됩니다. 뭣보다 우리에겐 사전이 있잖아요. 예전처럼 가나다순으로 정렬된 종이 사전을 뒤지지 않아도 온라인 표준국어대사전에 그 단어를 쳐 넣기만 하면 바로 의미가 뜨고, 그 의미를 잘 읽다 보면 대체할 말이 떠오르게 마련입니다. 설령 떠오르지 않아도 괜찮습니다. 다음을 보실까요. 위 문장을 아래 문장으로 수정해보았습니다.

점심 무렵에 친구가 보낸 엽서가 왔고, 친구는 그 엽서에 자신이 가끔은 거부가 된 기분이 든다고 말했다.
↓
점심 무렵에 친구가 보낸 엽서가 왔고, 녀석은 그 네모난 종이에 자신이 가끔은 거부가 된 기분이 든다고 말했다.

위 문장에는 '친구'와 '엽서'라는 단어가 두 번씩 들어가 있습니다. 똑같은 말을 중복하지 않겠다는 일념으로 어려운 말을 떠올리기 위해 애쓸 필요가 없습니다. 그 친구와 막역한 사이라면 '녀석'이라는 말로 대체하면서 친분의 정도까지 표현할 수 있습니다. 엽서라는 단어도 마찬가지입니다. 다른 말로 대체해보겠다고 굳이 어려운 단어를 찾아 사전 여행을 떠날 필요가 없습니다. 그냥 '네모난 종이'라고 해도 되고, '우편물'이라고 해도 됩니다. 이 문장에서 어려운 말은 하나도 없지만 같은 단어를 사용하지 않음으로써 문장이 덜 지루해졌습니다. 이 책의 원고를 쓸 때에 저도 동어를 중복 사용하지 않기 위한 신경을 썼습니다. 다음 예시의 마지막 문장은 프롤로그의 일부입니다. 어떤 과정을 거쳐 이 문장이 나왔는지 살펴보겠습니다.

에세이란 사람이 살면서 겪는 평범한 순간을 포착해 삶의 의미를 끌어내는 글입니다.
↓
에세이란 사람이 인생에서 겪는 평범한 순간을 포착해 삶의 의미를 끌어내는 글입니다.
↓

에세이란 일상에서 겪는 평범한 순간을 포착해 보편적인 삶의 의미를 끌어내는 글입니다.

첫 문장에서는 '사람', '삶', '살다'라는 단어가 중복되고 있습니다. 사람과 삶은 살다라는 동사에서 파생된 명사입니다. 발음 역시 비슷해서 같은 단어가 한 문장 안에서 반복되고 있다는 인상을 지울 수 없습니다. 이에 저는 두 번째 문장에서 "살면서"를 "인생에서"라고 수정해보았습니다. 동어가 중복되었다는 느낌이 줄긴 했지만, '사람'과 '삶'이라는 단어가 여전히 남아 있습니다. 고민 끝에 많은 에세이가 생활 다반사를 소재로 하고 있다는 점을 강조하면서 '일상'이라는 단어를 넣었고, 뒤쪽의 삶을 인생이라고 바꾸었으며, 굳이 주어가 없어도 되는 문장이기에 '사람'라는 일반명사를 삭제하여 동어가 하나도 없게 만들었습니다. 어려운 단어는 전혀 없습니다. 에세이는 눈앞에 있는 사람과 대화하듯 쓰이는 경우가 많기 때문에 이런 일상어만으로도 한 편의 글을 쓸 수 있습니다.

그렇다면 에세이에서 이런 사례를 찾아볼까요.

그러던 어느 날, 봄이 왔다. 나는 달리기를 하고 있었다. 전에는 한 번도 달려본 적 없는 동네의 언덕을 달려 올라갔다. 나무의 윗부분들은 하얗게 부풀어 오른 꽃잎들로 생기를 띠고 있었다. 언덕 꼭대기에 도착했다. 거기에는 공원이 기다리고 있었고, 그 공원에는 벤치와 작은 연못, 수선화의 폭삭폭삭한 파란 꽃과 고사리들로 복잡한 정원이 있었다. 나는 이어폰을 빼고 공원으로 들어갔다(《물고기는 존재하지 않는다》, 룰루 밀러, 곰출판, 256쪽).

위 인용 글은 번역서의 일부이므로 원문이 어떤 어휘로 구성돼 있는지는 논외로 두겠습니다. 위 문단은 참 평이한 단어들로만 구성된 문장들의 연결입니다. 봄, 부풀어 오른, 생기, 달리기, 윗부분, 동네, 언덕, 꽃, 언덕, 공원, 벤치, 연못, 수선화, 고사리, 정원…… 이 단어들 중 에세이를 읽을 만한 청소년과 성인 독자에게 어렵게 느껴질 만한 건 없습니다. 그런데도 참 다채로운 단어를 썼다는 인상을 줍니다. 글쓴이의 묘사력이 마치 소설의 한 장면이라고 해도 부족함이 없을 만큼 뛰어나서인데요, 이 묘사력에는 동어 반복이 최소화되었다는 점도 한몫하고 있습니다. 제가 위 글을 동어 반복을 최대화하고, 특정 단어를 일반화하거나 삭제하여 전체 수준을 낮추어 보겠습니다.

그러던 어느 날, 봄이 왔다. 나는 달리기를 하고 있었다. 나는 달려서 예전에는 한 번도 달려본 적이 없는 동네의 언덕을 달려서 올라갔다. 언덕에 있는 나무의 꼭대기에는 하얗게 핀 흰 꽃잎들로 생기를 띠고 있었다. 언덕의 꼭대기에 도착했다. 꼭대기에는 공원이 기다리고 있었고, 그 공원에는 벤치와 작은 연못, 활짝 핀 파란 꽃과 푸른 식물들로 가득한 정원이 있었다. 나는 공원 앞에서 이어폰을 빼고 공원으로 들어갔다.

같은 단어를 중복해 사용하는 횟수가 늘었고, '수선화'와 '고사리' 같은 특정 명사가 사라져 그 공원만의 고유한 현장감이 사라졌습니다. '부풀어 오르다'와 '폭삭폭삭하다'는 '피다'라는 평범한 동사로 대체되고, '폭삭폭삭하다'라는 리듬감 있는 형용사도 생략함으로써 생동감이 사라지다시피 했습니다. 개성도 없고 군더더기가 많은 글이 되어버렸지요. 같은 의미라도 동어를 사용하면 글 전체의 완성도가 위와 같이 낮아진다는 사실을 알 수 있습니다.

되도록 다양한 단어를 사용해 문장을 쓰면 표현력이 좋아진다는 취지에서 몇 가지 예시를 살펴보았는데요, 다음은 사용 빈도가 낮거나 낯선 단어 하나가 문단 전체의 이미지에 얼마나 큰 영향을 주는지의 예입니다.

세라믹으로 된 그릇이 되고 싶었다. 내가 먼지 같아서였다. 패턴도 없이 무리 지어 흩날리다 여기저기 떠도는 기분이었다고 해야 하나. 그래서 저 지층 깊은 곳까지 성공적으로 진입해 흙이라 불리는 존재가 되고, 그러다 그릇의 일부가 되고 싶었다. 불에 구워져 더는 화학작용을 할 수 없고 그래서 더는 작은 들풀 하나 피울 수 없게 된다 해도 좋았다. 차라리 그릇이 되고 싶을 만큼, 나는 어디에도 소속되지 못한 채 32년을 살아온 기분이었기에, 누군가에게 견고하게 밀착돼 도저히 거기에서 떼어낼 수 없는 상태에 있고 싶었다. 말하자면, 연애라는 걸 해보고 싶었다는 뜻이다.

「유령의 2층 침대」라는 단편 소설의 첫 문단입니다. 첫 줄의 '세라믹'이란 단어는 일상에선 잘 쓰지 않는 외래어입니다. 그냥 "도자기 그릇이고 싶었다"고 해도 되었지요. 우리말 애호가의 취향에는 맞지 않을 수도 있지만 괜찮은 첫 문장이란 생각이 듭니다. 소설을 읽을수록 뭐야, '이 주인공은 좀 열등감이 있네. 세라믹은 그런 주인공이 괜히 허영을 부리느라

쓰기에 잘 맞는 단어야'라는 생각이 들기 때문입니다. 이처럼 사용 빈도가 낮지만 누구나 아는 단어는 읽는 이의 정서와 집중을 환기해주는 효과가 있으므로 적절히 사용한다면 표현력이 좋은 에세이를 쓰는 데에 도움이 됩니다. 더욱이 독자가 이런 단어를 쓴 게 참 적절했다는 생각까지 하게 된다면 더할 나위 없이 좋겠지요. 같은 맥락에서 다음 예시문도 살펴보시면 좋겠습니다.

> 어느 날 그는 독거미 암컷 한 마리를 채집했다. 그 거미 암컷들이 흔히 그렇듯이 그 암컷도 등 가득히 새끼들을 오그랑오그랑 업고 있었다. 나중에 실험실에서 자세히 들여다보기 위해 알코올 표본을 만들기로 했다. 새끼들을 털어내고 우선 어미부터 알코올에 떨궜다. 얼마간 시간이 흐른 뒤 어미가 죽었으리라 생각하고 이번엔 새끼들을 알코올에 쏟아부었다. 그런데 죽은 줄로만 알았던 어미가 홀연 다리를 벌려 새끼들을 차례로 끌어안더라는 것이다. 어미는 그렇게 새끼들을 품 안에 꼭 안은 채 서서히 죽어갔다(《생명이 있는 것은 다 아름답다》, 최재천, 효형출판, 2001, 116쪽).

위 인용 글에서 조금 낯선 어휘 하나만 고르자면 '오그랑 오그랑'입니다. 사람들이 흔히 사용하는 단어는 아니지만 리 듬감이 느껴지는 데다 어감으로도 어떤 형상인지 생생하게 전달됩니다. 이 단어 하나로 문단 전체가 특별해진 느낌을 줍 니다. 전적으로 이 단어 하나 때문은 아닙니다. 서술부에 사 용된 동사가 겹치지 않고(채집하다, 업다, 만들다, 떨구다, 쏟아붓 다, 끌어안다, 죽다), 한 문장 내에서 같은 단어가 반복되지 않 은 것도 글 전체의 완성도를 높여줍니다. 다만, '오그랑오그 랑'이라는 부사가 없었다면 이렇게 큰 인상을 남기지는 못했 으리라는 게 제 개인적인 판단입니다.

## 직유와 은유, 적절하게 활용하는 법

표현력이 좋은 글을 읽다 보면 '와, 이건 너무 훌륭해' 이런 감탄을 할 때가 있습니다. 주로 참신한 비유를 만났을 때입니 다. 참신하다는 건 무슨 뜻일까요? 창의적이라는 뜻입니다. 창의력이란 전혀 상관없는 이것과 저것을 연결 짓는 능력이 라고도 정의할 수 있습니다. 저는 글 쓰는 사람에게 창의적인 표현이란 여러 비유법 가운데에서도 직유와 은유로써 발현

된다고 봅니다. 어떤 현상이나 사물을 '~처럼', '~듯이', '~같이'와 같은 연결어로 다른 현상과 사물에 직접 비유하는 것을 직유, 원뜻은 숨기고 암시적으로 상태나 움직임을 나타내는 은유라고 합니다.

다음은 직유가 뛰어난 에세이의 인용 글입니다.

> 나는 당시 여성들이 어떤 조건하에서 살았는지 궁금해졌습니다. 픽션이 상상력의 산물이긴 하지만 땅바닥으로 떨어지는 조약돌처럼 어딘가에서 뚝 떨어지는 것은 아니니까요. 과학은 그럴 수도 있겠지만요. 픽션은 마치 거미줄처럼, 아마도 아주 미세하게, 네 귀퉁이 모두가 삶과 연결돼 있습니다(《여성과 글쓰기》, 「자기만의 방」, 버지니아 울프, 박명숙 옮김, 북바이북, 95쪽).

> 여성은 이런저런 이유로 남성보다 가난하다고들 합니다. 어쩌면 이젠 진실을 찾는 것을 포기하고, 용암처럼 뜨겁고 개숫물처럼 혼탁하게 머리 위로 쏟아지는 수많은 견해를 더 이상 받아들이지 않는 게 나을지도 모르겠습니다. 그보다는 커튼을 쳐서 산만한 생각들이 들어오지 못하게 한 뒤 불을 밝히고 탐구의 폭을 좁혀서, 견해

가 아닌 사실을 기록하는 역사가에게, 시대를 통틀어서
가 아니라 영국에서, 그중에서도 엘리자베스 시대의 여
성이 어떤 조건하에서 살아왔는지를 말해달라고 요구
하는 편이 나을지도 모릅니다(같은 책, 95쪽).

위의 첫 예시문은 19세기 여성이 소설을 쓰기 힘들었던 상
황을 설명하기 위해 먼저 픽션의 특징을 설명하는 글입니다.
픽션은 "조약돌처럼" 툭 하고 떨어지는 것이 아닌 네 귀퉁이
가 어딘가에 닿아 있는 "거미줄처럼" 삶과 구석구석 맞닿아
있는 장르인데, 여성은 자기만의 공간과 돈과 시간이 없었던
탓에 그만큼 픽션을 쓰기가 어려웠다는 점을 강조하고 있습
니다. 픽션을 거미줄 형상에 직접 비유해 큰 인상을 남겼지
요. 아래 예시에도 직유가 적용돼 있습니다. 여성이 왜 가난
할 수밖에 없는지에 대한 세간의 갑론을박을 뜨거운 용암과
혼탁한 개숫물에 직접 비유함으로써 그 견해들이 모두 틀렸
다는 것을 효과적으로 전달하고 있습니다.

은유도 직유처럼 독자에게 강한 인상을 남기는 표현법입
니다. 은유는 ~하듯, ~처럼 ~같이와 같은 연결어를 생략하고
곧장 현상과 사물을 잇습니다. 사물의 원래 뜻을 숨기고 보조
관념만을 간단하게 제시하는 것입니다. 에세이를 쓸 때에도

이런 은유를 적절하게 활용하면 효과적입니다. 다음 예를 보실까요.

> 마음은 벌레 중에서도 가장 변덕스러운 벌레다. 날개를 파닥이며 이리저리 끊임없이 날아다닌다(같은 책).

> 어느 날 정신을 차리고 보니 힘든 시기가 어느새 저 멀리 지나 있었다. 나는 지금도 그게 J의 '진짜 미친 사리곰탕면' 덕이라고 생각한다. 결코 내 것일 수 없다고 여겼던, 내가 소중하다는 감각과 나를 다시 이어준 한 끼의 식사. 어떤 음식은 기도다. 누군가를 위한. 간절한(《다정소감》, 김혼비, ㈜안온북스, 211쪽).

버지니아 울프의 일기 중 한 문장인 위 인용문은 마음을 이리저리 날아다니는 "가장 변덕스러운 벌레"라고 은유하면서 불안정한 자신의 심리 상태를 형상화합니다. 만약 직유였다면 "마음이란 벌레 중에서도 가장 변덕스러운 벌레처럼 날개를 파닥이며 이리저리 끊임없이 날아다닌다"라고 했겠지만 마음을 곧장 벌레라고 함으로써 함축적으로 의도를 전달하고 있습니다.

아래 인용문은 지은이가 심신의 건강을 위협받던 인생의 고비에 친구가 정성스럽게 만들어준 음식으로 위로를 받은 일화를 다루고 있습니다. '어떤 음식=기도'라고 은유하여 친구의 다정한 마음이 담긴 음식이 자신이 얼마나 소중한 존재인지 일깨워주었다는 점을 인상적으로 전달하고 있습니다.

글에서 이러한 비유가 꼭 필요한 건 아닙니다. 우리는 6장에서 유머가 빵 위에 올린 토핑과 같다고 말했는데요, 직유나 은유도 마찬가지입니다. 통밀빵에 크랜베리나 초콜릿이 박혀 있지 않다고 해서, 카스텔라 안에 크림이나 건포도가 없다고 해서 맛없는 건 아니지요. 하지만 그런 부재료들이 들어가면 빵의 원맛을 더욱 돋우게 됩니다. 직유나 은유 없어도 괜찮지만 있으면 훨씬 더 지은이가 말하고자 하는 바를 효과적으로 전달해줍니다. 글의 풍미가 높아지는 거지요.

## 정확한 표현으로
## 장문과 단문 섞는 법

정확한 문장이란 무엇을 의미할까요? 올바른 어휘 사용을 바탕으로 한 문법에 어긋나지 않는 문장을 말합니다. 흔히 '주술 관계가 정확한 문장'이라고 합니다. 주어와 서술어가 딱 맞게 호응하는 문장을 말하지요. 주술 관계가 맞지 않은 문장이 많으면 글 전체의 의미가 모호해져 읽는 이는 의도를 이해하느라 많은 에너지를 써야 하고 피로감을 느끼게 됩니다. 이게 대체 무슨 뜻이지? 독자에게 이런 질문을 받는 문장이 많을수록 글의 메시지가 약해집니다.

내 생각에 에세이 쓰기는 인생의 의미를 찾을 수 있다.

어려운 말도 없고, 문장이 길지도 않은데 무슨 말인지 알겠으면서도 잘 모르겠는 문장입니다. 정확한 문장으로 수정해볼까요.

나는 에세이를 쓰기를 통해 인생의 의미를 찾을 수 있다고 생각한다.

의미가 좀 더 명확해졌기 때문에 독자가 갸웃할 일이 없는 문장입니다. 여전히 어려운 어휘도 없고 문장이 길지도 않습니다. 가끔 문학에서는 비문(문법에 맞지 않는 문장)을 허용하기도 합니다. 비문을 써서 글쓴이의 의도가 더욱 잘 드러났다고 보는 경우죠. 하지만 비문을 허용해도 되는 기준이 모호하기도 하고, 우리 대다수는 여전히 정확한 문장이냐 아니냐를 판단하는 능력이 부족하므로 최대한 문법에 맞게 쓰는 연습을 하는 편이 좋습니다. 비문인 줄 알면서 문법에 어긋나게 쓰는 것과 모르면서 사용하는 것은 엄연히 다른 문제이지요.

이렇게 문장을 정확히 쓰게 되면 글의 리듬감을 고려해보면 좋습니다. 음의 장단이나 강약으로 리듬을 만들어내는 음악도 아니고, 운율을 살려야 하는 시도 아닌데 산문에서 무슨 리듬감이냐 생각하는 분도 있겠지만, 생각해보세요. 만약 긴 문장으로만 된 글을 읽으면 어떨까요. 지루하고, 한 문장의 뜻이 잘 이해되지 않을 수도 있어서 피곤해집니다. 반대로, 굉장히 짧은 문장으로만 된 글을 읽는다고 생각해보세요. 장문으로만 된 글보다는 이해하기 쉽겠지만 읽는 호흡이 달리고, 불필요한 접속사도 많아질 수 있으며, 무언가를 자세히 표현하기 어려워질 가능성이 있습니다. 이러한 이유로 글을 쓰는 사람은 장문과 단문을 섞어서 쓰게 마련이고, 이런 적절한 사용이 바로 기분 좋은 리듬감을 만듭니다. 리듬감은 술술 읽어나가는 데, 즉 가독성에 도움이 되기도 하고 말이지요.

다음은 이 책의 1장 첫 문단입니다.


고백하자면 저는 소설을 더 좋아합니다. 픽션에는 기승

전결이 있어서 그다음이 어떻게 될지 궁금해지고, 참신한 발상을 만나면 감탄이 절로 나옵니다. 그 순간 제 창작욕이 건드려지면서 도파민이 분비되는 느낌이 아주 그만입니다. 그런데도 첫 책으로 소설집이 아닌 에세이를 펴냈습니다. 소설에 재능이 부족했구나, 누군가 제 어깨를 두드리며 그렇게 말한다면 흑, 네 맞습니다만 다른 이유를 하나 더 짚자면, 그땐 에세이를 쓸 수밖에 없었다는 생각이 듭니다. 사소하지만 나름의 어떤 위기를 겪고 있었는데요, 소설이 아닌 에세이를 쓴 덕분에 생각과 마음을 다스릴 수 있었습니다.

첫 문장은 짧고 두 번째 문장은 조금 깁니다. 세 번째 문장은 보통이고, 네 번째 문장은 많이 길고, 다섯 번째 문장은 보통입니다. 이 문단이 대단히 리듬감이 있게 느껴지지 않지만 제가 한번 장문으로만 또 단문으로만 다시 써 비교해보겠습니다.

저는 에세이보다 소설이 더 좋은데 그 이유는 픽션에는 기승전결이 있어서 그다음이 어떻게 될지 궁금해지고, 참신한 발상을 만나면 감탄이 절로 나기 때문입니다. 그 순간 제 창작욕이 건드려지면서 도파민이 분비되는 느낌이 아주 그만인데도 첫 책으로 소설집이 아닌 에세이를 펴냈고, 누군가 소설에 재능이 부족했구나, 제 어깨를 두드리며 그렇게 말한다면 흑, 네 맞습니다만 다른 이유를 하나 더 짚자면 그땐 에세이를 쓸 수밖에 없었는데요, 그 이유는 사소하지만 나름의 어떤 위기를 겪고 있었기 때문이며, 저는 에세이를 쓴 덕분에 생각과 마음을 다스릴 수 있었습니다.

가독성이 확 떨어지면서 장황하다는 인상을 지울 수가 없습니다. 다음은 단문으로만 구성해본 예입니다.

고백하자면 저는 소설을 더 좋아합니다. 픽션에는 대체로 기승전결이 있기 때문입니다. 그래서 그다음이 어떻게 될지 궁금해져요. 그리고 참신한 발상을 만나면 주먹을 불끈 쥐게 됩니다. 첫 책으로 소설집이 아닌 에세이를 펴냈습니다. 만약 누군가가 이렇게 말하면 어떨까요. 소설에 재능이 부족했구나. 그렇게 말한다면 흑, 네 맞습니다. 하지만 다른 이유를 하나 짚겠습니다. 저는 그땐 에세이를 쓸 수밖에 없었답니다. 사소하지만 나름의 어떤 위기를 겪고 있었습니다. 에세이를 쓴 덕분에 생각과 마음을 다스렸습니다.

장문으로만 구성된 예보다는 훨씬 읽기 편하기는 합니다. 다만 접속부사가 불필요하게 많이 들어가 연결이 끊어지는 느낌이 있고, 접속부사가 없는 문장 사이는 내용 연결이 썩 자연스럽지 않습니다. 문장이 모두 짧은 탓에 내용의 강약이 없다는 아쉬움도 있습니다.

그렇다면 얼마나 길게 쓰고 짧게 써야 리듬감이 생길지 고민될 법합니다. 이 리듬감은 사실 다양한 글을 많이 읽어보고 써볼 때에야 생기는 자기만의 감각입니다. 이에 더해 본인의 취향이 어느 쪽에 가까운지, 즉 호흡이 긴 장문 중심의 글을 선호하는지 빠른 호흡으로 가는 단문 중심의 글을 선호하는지 파악하는 게 관건입니다. 이거다, 하는 명확한 기준은 없지만, 하나를 꼽자면 에세이에서는 지나친 장문이 어울리지 않는다는 겁니다. 읽었을 때 한 번에 이해되지 않는다면, 혹은 너무 길어서 한 호흡에 읽을 수가 없다면 그건 절단이라는 수술을 해야 할 문장이 됩니다. 그 문장을 기준으로 앞뒤에 길이가 다른 문장을 배치해보세요. 이런 연습을 하다 보면 자기만의 문장 리듬감이 생길 것입니다. 이러한 형용사와 부사를 남용하면 안 쓰느니만 못하겠지만 적재적소에 사용하면 문장과 문단에 리듬감과 생동감이 생깁니다.

그 밖에 '오그랑오그랑', '포동포동', '폭삭폭삭'처럼 단어 자체에 리듬감이 있는 부사나 형용사를 적절히 사용하는 것도 글 전체에 운율을 가미하는 유용한 방법입니다. 이러한 형용사와 부사를 남용하면 안 쓰느니만 못하겠지만 적재적소에 사용하면 문장과 문단에 리듬감과 생동감이 생깁니다.

## '무슨 말이야?'를
## 유발하지 않는 논리의 흐름

논리라고 하면 칼럼이나 논설문, 인문이나 사회과학 쪽에서나 필요한 요소라고 생각하기 쉽습니다. 그렇지 않습니다. 에세이에서도 논리가 필요합니다. 논리가 무엇인가요. "말이나 글에서 사고나 추리 따위를 이치에 맞게 이끌어 가는 과정이나 원리"를 뜻합니다. 부적절한 비유, 무엇을 말하고자 하는 모르겠는 모호한 전개, 상식에 맞지 않는 비약 등은 모두 글의 논리를 약하게 만드는 특징입니다. 앞에서 예로 든 문단의 논리를 제가 약화해보겠습니다.

고백하자면 저는 소설을 더 좋아합니다. 픽션에는 기승전결이 있어서 그다음이 어떻게 될지 궁금해지고, 참신한 발상을 만나면 감탄이 절로 나옵니다. 동시에 제 창작욕이 건드려지면서 주먹을 불끈 지게 됩니다. 마치 생선 가게 앞의 고양이처럼요. 이처럼 픽션이란, 즉 이야기란 사람에게 즐거움을 주고, 창작욕도 자극하는 아주 좋은 창작물입니다. 그런데도 첫 책으로 소설집이 아닌 에세이를 펴냈습니다. 소설에 재능이 부족했구나, 누군가 제 어깨를 두드리며 그렇게 말한다면 아니 사람이 사람에게 어떻게 그렇게 말할 수 있나요. 설령 재능이 부족해서 소설을 못 쓰고 있다고 하더라도 자신이 무슨 권리로 타인의 재능을 판단할까요. 세상에 정말 무례한 사람이 많습니다. 저는 그때 에세이를 쓸 수밖에 없었습니다. 에세이를 쓴 덕분에 생각과 마음을 다스렸습니다.

밑줄 그은 부분이 수정된 내용입니다. 이 문단의 본디 취지는 픽션을 더 좋아하는 사람도 에세이를 쓰고 싶어질 수 있고, 에세이 쓰기는 생각과 마음을 다스리는 데에 도움이 된다는 점을 짚는 데에 있습니다. 수정된 글을 보면, 픽션이 좋은 창작물이라는 것까진 앞선 글과 차이가 없지만 지나치게 강조돼 있어서 잠시 논점에서 벗어난 듯한 인상을 줍니다. 뒤이은 내용은 무례한 타인의 태도를 논하고 싶은지, 에세이의 장점을 이야기하고 싶은지 바로 이해가 되지 않지요. "생선 가게 앞의 고양이"라는 부적절한 비유도 문단의 의도를 흐트러뜨립니다. 주먹을 불끈 쥐며 의지를 다지는 것과 생선 가게 앞의 고양이는 아무 상관이 없지요. 문단 호흡이 다소 늘어지더라도 굳이 저 위치에 비유를 넣고자 한다면 "마치 종소리에 침을 흘리는 파블로프의 개처럼"이라고 하면 어느 정도 상응하겠지만 그 다다음도 문제입니다. 갑자기 재능이 부족했구나란 가정 상황에 스스로 감정이 폭발하면서 문단의 논리력을 떨어뜨리고 있습니다.

어떤 글을 칭찬하는 말 중에 "물 흐르듯 전개된다"라는 표현이 있습니다. '물 흐르듯이'란 표현에는 논리력도 포함됩니다. 어울리지 않는 비유를 들거나, 엉뚱한 데에 방점을 두어 의도가 무엇인지 파악하기 어렵다면 논리력이 부족한 글입니다. 논리력을 유지하기 위해서는 글을 쓰는 동안 내가 이 글을 통해 말하고자 하는 바가 무엇인지 문단 단위로 되새겨보는 편이 좋습니다. 글을 쓰다 보면 엉뚱한 방향으로 탄력이 붙을 때가 있습니다. 어울리지 않는 비유나 예시이지만 그게 너무 참신해서 포기하고 싶지 않기도 합니다. 그때 그 유혹에 넘어가지 말고 과감하게 가던 길을 선택해야 합니다. 만약 새로운 방향의 전개가 포기 못 할 만큼 매력적이라면, 우선 머릿속 냉장고에 넣어 신선하게 보관해두라고 말씀드리고 싶습니다. 꾸준히 쓰는 사람은 언젠가 그 표현들을 꺼내 써먹게 됩니다.

# 내 글의 표현력 높이기

이제까지 쓴 자신 글에서 표현력을 높일 수 있는 지점이 있는지 살펴보며 단어를 바꿔 보기도 하고, 적절한 직유나 은유를 넣어보고, 문장의 길이도 한번 점검해 리듬감을 살려보세요.

# 8장

# 퇴고하는 법

퇴고란 글을 고치고 다듬는 작업입니다. 굉장히 귀찮고 번거롭죠. 설령 천재라 해도 한 번에 글을 완성하는 경우가 드물다는 점을 생각하면, 누구도 퇴고에서 자유롭지 못합니다. 퇴고 없이는 최고도 없는 셈이죠. 아니, 최선을 다해 에세이 특징을 적용하면서 써도 수정할 점이 생길까요? 네, 그렇습니다. 자신이 그렇게 비문을 쓰고, 동어를 반복하고, 엉뚱한 비유를 썼는지 확인하곤 놀라는 일만 남았다고 보시면 됩니다.

이런 이유로 저는 초고를 쓸 때 이것저것 너무 많이 고려하면서 쓰지 않는 편이 좋다고 말합니다. 처음엔 생각이 흐르는 대로, 손이 가는 대로 쓰는 편이 좋다고 생각해요. 어차피 퇴고해야 하니까 손가락이 춤추듯 멈추지 않고 쓰인다? 그렇게 계속 쓰시면 됩니다. 춤추는 정도까진 아니어도 끊김이 많지 않다? 네, 그때도 뒤돌아보지 말고 그냥 쓰세요. 의식의 흐름대로 논리도 없이 쓰라는 말이 아닙니다. 키보드 위의 내 손가락들에 글의 주제를 잘 얹는다고 생각해주세요. 주제가 얹힌 그 손이 가는 대로 쓰는 게 초고이면 됩니다.

못난 초고에도 빛나는 점이 많습니다. 기발한 비유, 절묘한 리듬감, 귀여운 유머 등 장점 없는 글은 없습니다. 따라서 어디를 살리고 어디를 만져야 할지 잘 알아야겠지요. 추가하거나 덜어내야 할 곳, 분리하거나 이어야 할 문장, 위치를 바꿔야 할 문단이나 문장 등을 정확히 파악할 필요가 있습니다. 애석하게도 '표준퇴고대사전'은 없지만 막연하게 느껴질 때 아래와 같은 기준을 적용해보면 어느 정도 도움은 됩니다.

## 첫 문장과
## 끝 문장 만들기

사실 저는 글에서 첫 문장이 그렇게 중요한지 몰랐습니다. 상식적으로 당연히 첫 문장과 첫 문단이 중요할 텐데 급한 성격 못 버리고 어서 본론을 쓰고 싶어서 안달이 나곤 했습니다.

첫인상, 첫 만남, 첫사랑…… '첫'이란 수식이 붙은 건 모두 의미가 큽니다. 처음의 경험과 인상을 바꾸기란 어려우니까요. 괜히 면접 자리에 잘 꾸미고 나가는 건 아닙니다. 자신에게 호감을 느끼도록 하자면 일차적으로 외양에 신경을 쓰는 수밖에 없습니다. 그런 의미에서 저는 글에서의 첫 문단, 그중에서도 첫 문장이 바로 이 외양에 해당한다고 생각합니다. 많은 작법서가 첫 문단, 첫 문장을 강조하는 이유도 모두 이 때문이지 않을까요.

다만 저는 처음부터 첫 문장과 첫 문단에 너무 신경을 쓸 필요는 없다고 말씀드리고 싶습니다. 첫 문장과 첫 문단에 지나치게 신경 쓰다 보면, 시작 자체가 힘들어지기 때문이죠. 그런 의미에서 첫 문장과 첫 문단은 다 쓴 다음에 점검하면 좋겠습니다.

끝 문단과 관련해서는 이런 관용구를 생각해봄 직합니다. "끝이 좋으면 다 좋다." 과정이 다소 미비하거나 잘못됐어도 마지막이 잘 끝나면 미숙한 과정은 어느 정도 용납된다는 뜻이지요. 글에서도 마찬가지입니다. 뭘 말하고자 하는지 알 수 없는 글 중엔 결론부에서 갑자기 문장 의도가 또렷해져서 독자가 글 전체를 한번 돌아보게 하는 힘을 발휘하는 경우도 있습니다. 마지막 문단에서 주제를 분명히 하고, 끝 문장이 인상적으로 끝난다면 앞에서 부족했어도 조금은 만회가 됩니다. 시작과 끝이 좋으면 일단 절반의 성공은 거둔 것과 같단 뜻이 되겠네요.

### 1. 첫 문장은 꼭 처음에 쓰지 않아도 된다

첫 문장을 쓰면 그다음 문장이 연쇄적으로 떠오르므로 좋은 첫 문장을 쓰면 훌륭한 첫 문단을 쓴 것과 같습니다. 어떤 첫 문장이 좋을까요? 정답은 없겠지만 제가 에세이를 출간한 뒤 깨달은 점은 첫째, 단문이면 대체로 안전하다는 겁니다. 독서가 습관이 되지 않은 독자에게는 첫 문장부터 호흡이 너무 길면 부담을 줄 수 있습니다. 첫 문장의 예들을 들어볼까요. 첫 문장으로 괜찮은 편이라고 생각하는 문장만 골라 왔습니다.

① 그때 확실히 알았다.
⇨ 뭘 알았는데?

② 친한 친구 사이인지 아닌지를 가늠하는 척도는 무엇일까?
⇨ 의문형이라 읽는 자연히 답해야 할 것만 같은 이 느낌적인 느낌.

③ 한 아이가 사냥개에 돌을 던졌다.

⇨ 그래서 그다음 무슨 일이 일어났는데?


④ 2017년 11월이었다.

⇨ 이때 뭐?


⑤ 유명한 사실이다.

⇨ 뭐가 유명해?


⑥ 나는 호래자식이다.

⇨ 무슨 짓을 한 거냐?


⑦ 1969년 영국의 사회심리학자 헨리 타이펠이 열네다섯 살짜리 소년 64명을 대상으로 실험을 했다.

⇨ 뭔 실험을 했는데?


⑧ UCLA에서 한 조사가 이루어졌다.

⇨ UCLA? 무슨 조사를 했는데?


⑨ 도스토옙스키 장편《노름꾼》은 여러 가지로 유명하다.

⇨ 유명해? 근데 왜 난 모르지?

⑩ 솔직히 '뒷담화' 듣는 게 재미있다.

　⇨ 나도 나도.


　위 첫 문장들의 특징을 요약하면 궁금증을 유도한다는 겁니다. 어떻게 하면 궁금증을 유발하는 첫 문장을 쓸 수 있을까요? 첫째, 그 문단의 결론부터 말하는 겁니다. 그것도 결론의 일부만을 간결하게 쓰면 효과가 있습니다. ①, ⑤, ⑥, ⑧, ⑨가 이에 해당하지요.

　②번처럼 의문형으로 독자에게 질문을 던지는 것도 좋은 방법입니다. 의문형을 접하는 순간 독자는 답해야 한다는 의무감을 느끼고, 자연히 그다음을 읽게 됩니다. ④번 연월일시로 구체성과 현장성을 주는 것도 괜찮은 방법입니다. 그날 무슨 일이 일어났을지 궁금해질 법합니다. 통계나 연구 결과가 궁금해지는 내용을 담은 첫 문장도 좋습니다. ⑦, ⑧이 이에 해당해요. ⑩번처럼 공감을 이끌어내는 솔직한 내용도 좋은 첫 문장이 됩니다. 뒷담화가 좋다고 과감히 고백함으로써 독자의 호감과 흥미를 이끌어냅니다. 첫 문장을 쓰고 나면 그다음 문장은 연이어 떠오르고 자연스럽게 첫 문단이 완성됩니다.

오감을 자극하는 것도 좋은 첫 문장이 될 수 있습니다.

> 여자가 절벽 끝에 서 있었다. 스커트가 바람에 펄럭였다.

영화의 한 장면을 묘사하는 글일 법한 이 첫 문장은 독자의 시각을 자극합니다. 상상력이 뛰어난 독자라면 바람 소리가 귓전에 울리는 듯한 느낌을 받을 수도 있습니다. 동시에 어떤 상황인지 궁금증을 끌어내죠. 설마 뛰어내리려는 건가 독자는 걱정을 하게 됩니다.

> 방문을 열자 달큼하고 시큼한 냄새가 코끝을 자극했다.

후각을 자극해서 독자를 그 문단에 묶어둡니다. 대체 그곳에 무엇이 있기에 그런 냄새가 났다는 건지 궁금해질 법합니다.

> 그날, 파란 하늘에서 빗방울이 떨어져 온몸을 적셨다.

시각과 촉각을 자극해 독자를 글 속으로 끌어들입니다. 왜

비를 맞았는지, 그런 뒤 어떤 일이 일어났는지 궁금해집니다.

만약 초고의 첫 문장이 그리 인상적이지 않다는 느낌이 든다면, 독자의 궁금증과 오감 중 일부를 자극하는 방법으로 첫 문장을 수정해봐도 좋겠습니다. 첫 문장을 바꾸면 기존 첫 문단의 처음 두세 문장을 수정하는 데에서 그칠 수 있고, 아예 새로운 첫 문단을 추가하게 될 수 있습니다. 다음은 우리 예시 글의 첫 문단입니다. 첫 문장이 평이해서 딱히 주목을 받지 못할 만하고, 문단 전체도 무난하기만 합니다. "고양시키기 위해 고양이세수를 했다"라는 언어유희로 유머를 시도하지 않았다면 지나치게 평범한 문단이지요. 궁금증을 자아내면서 감각을 자극하는 첫 문장으로 수정해보겠습니다.

아침에 눈을 떴을 때 아침 8시가 넘어 있었다. 드라마를 정주행하다가 날을 샜기 때문이다. 출근 속도를 고양시키기 위해 고양이세수만 하고 집을 나섰다. 지하철은 늘 그렇듯 만원이었지만 여느 때와는 달리 사람이 많은 건 신경이 쓰이지 않았다. 마음이 조급하기만 했다.

⇩

존 레논의 목소리가 귓전에서 울렸다. 그가 계속 그냥 두라며 "렛 잇 비. 렛 잇 비." 했다. 눈이 번쩍 떠졌을 땐 아침 8시가 넘어 있었다. 도저히 내 몸뚱어리를 '렛 잇 비' 할 수 없었다. 출근 속도를 고양시키기 위해 고양이 세수만 하고 집을 나섰다. 지하철은 당면이 가득 든 순대 속 같았다. 밀도 높은 당면 가닥들이 평소와 달리 그리 신경 쓰이지 않았다. 조급해지기만 했다. 마음 같아서는 지하철 안에서 전력질주라도 하고 싶었다.

어떤가요. 청각을 자극했습니다. 청각이 자극되니 소리의 진원지가 무엇인지, 그 소리는 무엇인지를 묘사하게 됐고, '렛 잇 비'라는 노래 제목으로 위트를 추가하게 됐습니다. 감각이 자극되자 연쇄적으로 지하철 광경을 순대 속에 비유해 시각을 건드리게 되었습니다. 연이어 얼마나 마음이 조급했는지 지하철 안에서 전력질주라도 하고 싶었다며 심경을 생생하게 묘사하게 되었습니다. 이처럼 첫 문장의 변화 하나가 문단 전체에 큰 변화를 주게 됩니다.

### 2. 끝 문장도 꼭 마지막에 쓰지 않아도 된다

첫 문장, 첫 문단과 마찬가지로 끝 문장 끝 문단도 무척 중요합니다. 훌륭한 결론부, 특히 끝 문장은 독자에게 큰 울림을 주면서 기억에 오랫동안 남습니다. 앞에서 글이 어떻게 전개되었는지 다시 보고 싶게 만드는 힘도 바로 이 끝 문단과 끝 문장에 있습니다.

끝 문장을 인상적으로 쓰는 방법은 여러 가지가 있다고 합니다. 많이 쓰이는 방식에는 수미상관이 있죠. 첫 문장과 호응하는 문장을 넣어서 큰 인상을 남기는 겁니다. 수미상관의 특징은 첫 문장을 바꾸면 끝 문장도 바뀌게 된다는 겁니다. 이 방법만큼 시작과 끝이 밀접하기도 힘들겠죠.

통계와 수치를 넣어서 마무리하는 방법도 추천됩니다. 독자들은 글을 읽을 때 '숫자'를 인상 깊게 인식하기 때문입니다. 앞에서 지은이가 자기만의 생각을 논리적으로 전개한 뒤 그를 뒷받침하는 통계를 제시한다면, 굉장히 큰 설득력을 얻게 됩니다.

적절한 인용도 위와 같은 기능을 합니다. 자신의 생각, 감정, 주장을 죽 펼쳐 보인 뒤 널리 알려진 문장이나 유명인의 말을 마지막 문장으로 인용하면, 비록 가장 마지막에 쌓은 돌이지만 앞의 내용을 단단하게 받쳐주는 주춧돌 역할을 하게 됩니다.

의문형 문장으로 끝나는 것도 좋은 방법입니다. 의문형은 첫 문장으로도 좋다고 했지만 마지막에 넣어도 효과를 발휘합니다. 의문의 내용은 여러 가지일 수 있습니다. 독자 당신은 어떻게 생각하느냐, 너라면 어떻게 했겠느냐, 너도 공감하지 않느냐 등 여러 유형이 있을 겁니다. 의문형 끝 문장은 글을 다 읽고 나서도 그 에세이 한 편이 무엇을 말했는지 되짚어보게 하고, 독자가 자신의 생각을 정리하도록 도와주는 좋은 역할을 합니다.

이런 기술들을 논하는 이유는 딱 한 가지입니다. '주제를 인상적으로 전달한다' 이 목표를 위해서입니다. 따라서 지은이는 자신의 마지막 문단을 점검할 때 내 글이 전체적으로 주제를 인상적으로 전달했는지를 기준으로 보길 권합니다. 부족하다면 당연히 채워야 하겠고, 충분히 드러났다면 한 번 더 위 기술들을 써 강조하는 것도 좋은 방법입니다.

우리 예시 글의 끝 문단을 만져볼까요?


생각해보면 참 야멸찬 일인 게, 아침 출근, 그 첫 단추 한 번 잘못 잠갔다고 그 이후로 죽 엉망이 되다니. 왜 얼른 풀고 다시 채우면 된다거나, 그냥 푼 채로 시원하게 열고 다니라는 속담은 없을까? 우리 사회가 그렇게 엄격하지 않고 그런 반대 속담도 있다면 어쩌면 비록 오늘 지각은 했어도 이렇게 부작용이 심한 하루를 보내진 않았을지도 모른다. 그랬다면 오늘 밤 이렇게까지 전사자

꼴로 티브이 앞에 있진 않을 텐데. 계획에서 어긋나는 사소한 상황이 생긴다 해도 뭐든 생각하기 나름이므로 생각의 전환을 빨리 하는 사람이 앞으로 나아가고 자신을 좀 더 사랑할 수 있는 것 아닐까. 만약 어떤 일을 야심차게 시작하는 시점에서 부족하거나 잘못된 점이 발견된다면 당황하지 말자. 처음부터 다시 시작하거나 전혀 다른 결과물로 만들어보는 것도 좋은 방법이다. 존 레논이었다면 첫 단추쯤은 렛 잇 비라고 하지 않았을까?

간단히 수미상관 기법을 적용하면서 의문형으로 끝내보았습니다. 첫 문단에서 언급된 존 레논과 '렛 잇 비'를 가져왔고, 의문형으로 끝내 독자를 답변에 대해 잠시 생각해보도록 이끌었습니다. 좀 더 인상적인 마무리가 되었다고 보입니다.

끝 문장이라고 해서 꼭 마지막에 쓸 필요는 없습니다. 간혹 중간에 기가 막힌 끝 문장이 팟 하고 떠오를 때가 있습니다. 그렇게 중간에 떠오른 마지막 문장은 바다 위 부표 같은 역할을 해줍니다. 내 글이 딴 데로 새지 않고 그 끝 문장을 향해 성실하게 헤엄쳐 갈 수 있게 해주지요.

## 논리적인 전개와
## 사실 확인의 중요성

글의 주제가 명확한지, 그 주제를 전달하기 위한 흐름은 논리적인지 볼 필요가 있습니다. 우리는 이미 논리에서 벗어난 글의 예시를 앞에서 살펴보았습니다. 논리를 전개하는 과정에서 샛길로 샜다면 본길로 돌아와야 하고, 예시가 적절하지 않다면 다른 예시로 대체하고, 과장되거나 논리적 비약이 있다면 가다듬어야 합니다. 또한 잘못된 어휘를 사용해 의미를 잘못 전달한 문장이 있다면 정확한 단어로 교체해야겠지요.

자기만의 논리를 뒷받침하려는 시도 가운데 하나는 근거 제시입니다. 근거는 신문 기사의 통계 자료일 수도, 권위 있는 학자의 주장일 수도 있습니다. 이때 유념에 두어야 할 점은 사실 확인입니다. 출처를 정확히 확인해 인용한 자료의 사실이 맞는지 확인하는 겁니다. 학자의 이름을 틀린다거나 통계 수치가 사실과 다르면 글 전체에 대한 신뢰가 약해지면서 논리도 상당히 무너집니다. 눈치챈 분도 있는지 모르겠지만, 우리 예시 글에는 사실과 다른 점이 하나 있습니다.

제임스 갓셜이 쓴《스토리텔링 애니멀》이라는 책을 보면, 이야기를 코카인 같은 '마약'이라고 칭한다.

제임스 갓셜이 아니라 조너선 갓셜입니다. 요즘 같은 스마트 기기를 널리 사용하는 시대에 잘못된 이름쯤은 비교적 작은 실수이기는 합니다. 독자가 관심이 있는 경우 검색해보면 되니까요. 그에 비해 연구 결과나 통계 자료와 같은 근거가 틀려버리면 글 자체의 논리가 무너지게 됩니다. 어느 경우든 독자의 신뢰를 잃게 되는 건 마찬가지이지요.

### 쉽게
### 읽히는가

첫 문장과 첫 문단을 짚어보고, 글 전체가 논리적으로 전개되는지 점검하고, 사실 확인까지 마쳤다면 이 한 편이 리듬감 있게 읽히는지 기술적인 면을 살펴보면 좋겠습니다. 리듬감을 주는 요소는 다음 네 가지인데요, 이는 우리가 살펴보았던 7장의 '표현력'과 거의 일치합니다.

① 장문과 단문을 적절히 번갈아 사용한다.

→ 장문만 있어도 단문만 있어도 리듬감이 없다.

② 같은 단어나 구절이 거의 없다.

→ 반복되면 늘어지고 지루하다.

③ 불필요한 문장이 없다

→ 한 말 괜히 또 하면 읽기 속도를 늘어뜨린다.

④ 비문이 없다.

→ 비문은 의미를 모호하게 해서 내용 파악을 방해한다.


우리 예시 글로 돌아가 가독성을 높이는 퇴고가 무엇인지 보여드리겠습니다. 위에서 첫 문단을 수정했으니, 그것으로 시도해볼게요.


첫 단추는 잘못 끼워도 된다[첫 단추쯤은 렛 잇 비]


존 레논의 목소리가 귓전에서 울렸다. 그가 계속해서 그냥 두라며 "렛 잇 비. 렛 잇 비." 했다.[렛 잇 비. 렛 잇 비. 그가 자꾸 그냥 두라고 노래했다.] 눈이 번쩍 떠졌을 때 아침 8시가 넘어 있었다. 도저히 내 몸둥아리[몸뚱어리]를 '렛 잇 비' 할 수 없었다. 출근 속도를 고양시키기 위해 고양이세수만 하고 집을 나섰다. 지하철은 당면이 가득 든 순대 속 같았다. 여느 때와 달리 사람이 많은 건 신경 쓰이지 않았다. 조급해지기만 했다. 마음 같아서는 지하철 안에서 전력질주라도 하고 싶었다.

30분 늦게 도착하니 우리 팀은 제3차 세계대전에 앞서 군사전략을 위한 주간회의를[군사 전략 회의를] 하고 있었다. 팀장이 이만저만 화가 난 게 아니었다. 지각은 분명 내 잘못이지만 나 하나 좀 늦는다고 군사 전략을 세우지 못하는 것도 아니고 그렇게 노발대발할 일인가 싶었다. 하루를 경황없이 시작했더니 업무 처리도 원활하게 느껴지지 않았다. 늘 하던 일을 하는데도 계속 실수가 속출했다. 메일을 엉뚱한 거래처에 보냈고, 제출한 결재 서류 날짜도 틀리고, 동료의 말이 한 번에 이해되지 않기도 했다. 그럴 때마다 업무 집중력이 더 떨어졌다. 간신히 하루 업무를[일과를] 마치고 퇴근하니 아무 의욕이 없어서[없었다.] 식사도 거른 채 거름뱅이 꼴로 티브이만 보다가 일찍 잠자리에 들었다. 첫 단추 잘 끼워야 한단 속담이 괜히 나온 게 아닌가 보다.

그 드라마는 어쩌자고 그렇게 재미있어서 한 직장인의 하루를 이렇게 젤리쉑쉑처럼 흔들어놓을까. 제임스[조너선] 갓셜이 쓴《스토리텔링 애니멀》이라는 책을 보면, 이야기를 코카인 같은 '마약'이라고 칭한다. 지루하고 가혹한 현실에서 도피하기 위한 쓸모없는 마약이라는 갓셜의 극단적인 주장에는 동의하기 어렵지만, 도저히 멈출 수가 없었다는 점에서 중독 상태는 맞았던 듯하다. 나와 같은 경험을 한 사람이 있다면 우리가 일일 마약 중독자가 된 건 맞는 것 같은데 하지만[맞는다. 다만] 나는 딱 한 번 중독됐고 지각했을 뿐이다.

생각해보면 참 야멸찬 일인 게,[일이다] 아침 출근, 그 첫 단추 한번 잘못 잠갔다고 그 이후로 죽 엉망이 되다니. 왜 얼른 풀고 다시 채우면 된다거나, 그냥 푼 채로 시원하게 열고 다니라는 속담은 없을까? 우리 사회가 그렇게 엄격하지 않고 그런 반대 속담도 있다면 어쩌면 비록 오늘 지각은 했어도 이렇게 부작용이 심한 하루를 보내진 않았을지도 모른다.

그랬다면 오늘 밤 이렇게까지 전사자[패잔병] 꼴로 티브이 앞에 있진 않을 텐데. 계획에서 어긋나는 사소한 상황이 생긴다 해도 뭐든 생각하기 나름이므로 생각의 전환을 빨리 하는 사람이 앞으로 나아가고 자신을 좀 더 사랑할 수 있는 것 아닐까. 만약 어떤 일을 야심차게 시작하는 시점에서 부족하거나 잘못된 점이 발견된다면 당황하지 말자. 처음부터 다시 시작하거나 전혀 다른 결과물로 만들어보는 것도 좋은 방법이다.[잘못된 시작은 없다. 언제든 다시 할 수 있는 게 시작이기 때문이다. 존 레논이었다면 첫 단추쯤이야 끼울 것 없이 '렛 잇 비'라고 하지 않았을까?]

# 마지막 점검하기

마지막으로 제목을 다시 한번 점검해보겠습니다. 특히 첫 문장을 수정하면서 여러 가지 비유와 표현법이 추가되면 거기에서도 좋은 제목이 나올 수 있습니다.

이렇게 제목까지 수정하고 퇴고했다면, 자 이제 내 글을 세상에 공개할 때입니다. 글을 공개하는 방법은 여러 가지겠지만, 내 글을 애정 어린 마음으로 읽어주되 객관적으로 평가해줄 사람들이 있다면 가장 좋겠지요. 이런 이유로 글을 쓰는 많은 사람이 '합평'이라는 걸 합니다.

# 9장

# 좋은 글을 더 좋게 만드는 합평 노하우

합평이란 여러 사람이 모여서 의견을 주고받으며 비평하는 활동을 뜻합니다. 많은 분이 자신의 글벗들과 합평을 합니다. 저는, 사교성이 조금 부족해 글쓰기 모임에 참여해본 경험은 거의 없다시피 합니다만, 다행히 이런 저를 갸륵하게 여겨 한 글벗이 제 글을 읽어주며 이런저런 피드백을 해줍니다. 그 글벗이 간단하게 들려주는 긍정적인 평이 글을 퇴고하는 데에 항상 큰 힘과 도움이 됩니다. 제목이 별로라고 하면 제목을 수정해보고, 첫 문장이 별로라고 하면 첫 문장을 바꿔보고, 너는 직장인 얘기만 하다가 죽을 거냐고 하시면 한참 우울해하다가 새로운 소재에 도전합니다. 간혹 좋은 제목을 제안해주기도 합니다. 그럼 얼른 주워 담죠. 서로 신뢰하는 사람끼리 모여서 하는 합평은 득이 되면 득이 되었지 손해란 없습니다.

에세이 합평은 조금 섬세하게 해야 한다고 생각합니다. 소설은 기본적으로 허구이므로 설령 다소 거친 평도 그 사람 자체에 대한 평가로 이어지지 않을 수 있지만, 에세이에는 글쓴이의 이야기가 많이 담기기 때문에 섣부른 평은 오해를 사고 상처를 남길 수 있습니다. 우리가 앞에서 살펴본 좋은 에세이의 특징들이 제대로 담겨 있는지를 중심으로 합평을 한다면, 오해를 줄이고 건설적인 합평을 할 수 있습니다.

제가 이 책을 읽는 분들과 합평을 한다는 가정하에 다음을 전개해보겠습니다. 우리는 앞에서 좋은 에세이의 특징들을 살펴보았죠. 소재는 어떤지, 타깃 독자는 분명한지, 생각(주제)은 잘 드러나 있는지, 정보와 지식은 필요한 글인지, 유머를 가미하면 좋을지, 제목은 괜찮은지, 표현력은 어떤지 등을 중심으로 살펴보며 이야기해보려 합니다. 비평 대상은 우리 예시 글입니다.

아래에 가상의 독자께서 제가 이 책에 쓴 우리 예시 글에 다음과 같은 비평을 해주셨다고 설정해보았습니다. 메모에 담긴 세부적인 평과 가장 마지막에 정리된 담긴 총평을 읽어 보실까요.

첫 단추쯤은 렛 잇 비[①]

존 레논의 목소리가 귓전에서 울렸다. 렛 잇 비. 렛 잇 비. 그가 자꾸 그냥 두라고 노래했다. 눈이 번쩍 떠졌을 때 아침 8시가 넘어 있었다. 도저히 내 몸뚱아리를 '렛 잇 비' 할 수 없었다. 출근 속도를 고양시키기 위해 고양이세수만 하고 집을 나섰다.[②] 지하철은 당면이 가득 든 순대 속 같았다.[③] 여느 때와 달리 사람이 많은 건 신경 쓰이지 않았다. 조급해지기만 했다. 마음 같아서는 지하철 안에서 전력질주라도 하고 싶었다.

[①] 제목에 흥미가 가기는 하지만, 첫 단추도 비유고, 렛 잇 비고 은유여서 제목의 의미가 모호하다는 단점이 있다. 제목 다시 생각해보기. 첫 문장은 괜찮다. 귀가 간질한 느낌이다.

[②] 언어유희로 인한 위트가 있어서 재미있다. 하지만 읽는 사람 모두가 재미있어할지는 미지수.

[③] 순대 비유가 생생하다.

30분 늦게 도착하니 우리 팀은 제3차 세계대전에 앞선 군사전략 주간회의[4]를 하고 있었다. 팀장이 이만저만 화가 난 게 아니었다. 지각은 분명 내 잘못이지만 정말 전쟁에 나가는 것도 아닌데 그렇게 노발대발할 일인가. 하루를 경황없이 시작했더니 업무 처리도 원활하게 느껴지지 않았다. 늘 하던 일을 하는데도 계속 실수가 속출했다. 메일을 엉뚱한 거래처에 보냈고, 제출한 결재 서류 날짜도 틀리고, 동료의 말이 한 번에 이해되지 않기도 했다. 그럴 때마다 업무 집중력이 더 떨어졌다. 간신히 일과를 마치고 퇴근하니 아무 의욕이 없었다. 저녁 식사도 거른 채 거름뱅이 꼴로 티브이만 보다가 일찍 잠자리에 들었다. 첫 단추 잘 끼워야 한단 속담이 괜히 나온 게 아닌가 보다.

그 드라마는 어쩌자고 그렇게 재미있어서 한 직장인의 하루를 이렇게 젤리쉑쉑처럼[5] 흔들어놓을까. 조너선 갓셜이 쓴 《스토리텔링 애니멀》이라는 책을 보면, 이야

---

[4] 과장으로 인한 위트가 있어 재밌다. 하지만 몸뚱어리를 렛 잇 비 한다느니, 고양시키기 위해 고양이세수를 한다느니, 당면이 가득 든 순대 속 같다느니에 이어서 3차대전까지 나오니까니, 즉 계속 비유와 위트가 연이어지니 지나치다는 인상을 준다.

기를 코카인 같은 '마약'이라고 칭한다. 지루하고 가혹한 현실에서 도피하기 위한 쓸모없는 마약이라는 갓셜의 주장에는 동의하기 어렵지만, 도저히 멈출 수가 없었으니 중독 상태는 맞는다.[6] 나와 같은 경험을 한 사람이 있다면 우리가 일일 마약 중독자가 된 건 맞는다. 마약인 줄 몰랐는데 나인들 어쩌겠는가. 다만 나는 딱 한 번 중독됐고 지각했을 뿐이다.

생각해보면 참 야멸찬 일이다. 아침 출근, 그 첫 단추 한 번 잘못 잠갔다고 이후로 죽 엉망이 되다니. 왜 얼른 풀고 다시 채우면 된다거나, 시원하게 열고 다니라는 속담[7]은 없을까? 우리 사회가 그렇게 엄격하지 않고 그런 반대 속담도 있다면 어쩌면 오늘 지각은 했어도 이렇게 부작용이 심한 하루를 보내진 않았을지도 모른다. 그랬다면 오늘 밤 이런 패잔병 꼴로 티브이 앞에 있진 않을 텐데.

계획에서 어긋나는 상황이 생긴다 해도 뭐든 생각하기

⑤ 대중적인 음료가 아니라서 바로 와닿지 않는다. 삭제하면 어떨까?

⑥ 자신을 마약 중독 상태에 비유하면서 누구나 그럴 수 있다는 당위성을 획득했고, 뒤이어 유사 경험을 한 독자에게 말을 건네듯 하면서 공감을 이끌어내고 있다.

⑦ 당연하게 받아들여지는 속담 내용에 반론을 제기해 비튼 점이 돋보인다.

나름이므로 생각의 전환을 빨리 하는 사람이 앞으로 나아가고 자신을 좀 더 사랑할 수 있는 것 아닐까. 만약 어떤 일을 야심차게 시작하는 시점에서 부족하거나 잘못된 점이 발견된다면 당황하지 말자. 처음부터 다시 시작하거나 전혀 다른 결과물로 만들어보는 것도 좋은 선택이다. 존 레논이 우리 팀장이었다면 첫 단추쯤은 '렛 잇 비' 하라고 하지 않았을까?[8]

⑨ 총평: 소재가 평범해서 글감만 보면 시선이 가지 않는다. 하지만 평범한 직장인이라면 누구나 겪었을 법한 '지각' 에피소드를 시작으로 해서 생각의 깊이를 한 단계 더했다는 점에서는 잘 쓰였다는 생각이 든다. 직장인 독자라면 모두 공감할 만한 글이라는 점에서 타깃 독자가 뚜렷하다. 첫 단추를 잘 잠가야 한다는 속담을 비틀고, 〈렛 잇 비〉와 연결 지은 점도 참신하다. 하지만 유머와 비유가 지나친 경향이 있다. 처음엔 재미있었는데 반복되다 보니 반감되고 글쓴이가 유머에 욕심을 부리느

---

⑧ 마지막에 주제가 분명히 표현되었고 '존 레논의 렛 잇 비'를 수미상관으로 넣어 독자에게 큰 인상을 주었다. 더욱이 의문형으로 끝나서 독자에게 생각할 거리를 던져준 점이 좋다.

라 주제에 한 발 더 다가가지 못했단 생각이 든다. 첫 단추와 렛 잇 비 같은 상징적인 요소들로 재치가 느껴지는 데에 집중한 글이 아닐까 싶다. 만약 나에게 같은 소재가 주어진다면, 이 지각 에피소드를 이렇게 경수필로 풀어내기보단 '인간은 대체 왜 일을 하는가' 같은 주제로 접근했을 것 같다. 가령, 노명우 저자가 베버의 저작물을 풀어서 쓴 《프로테스탄트 윤리와 자본주의 정신》 같은 책을 인용해서 말이다.

①에서 ⑨까지 비평 내용을 살펴보면 우리가 앞에서 살펴본 좋은 에세이의 특징이 잘 반영됐는지를 잘 짚어주고 있습니다. 또한 장점과 단점을 균형감 있게 말해주어서 글쓴이가 격려와 독려를 동시에 받는다는 느낌을 충분히 줍니다.

모든 글에는 장점이 있습니다. 만약 타인의 에세이를 읽는 입장에서, 도저히 장점이 없는 글이란 생각이 든다 해도, 반드시 단 하나라도 장점을 말해주면 좋겠습니다. 장점을 찾는 것도 그 사람의 능력입니다. 그것이 함께 합평을 하는 이유 중 하나입니다. 저 혼자 잘 쓰는 이라면 혹은 저 혼자서도 잘 쓴다고 착각하는 이라면 합평을 할 이유가 없으니까요. 가령 저라면 아무리 못난 에세이 초고를 읽었다 해도 이렇게 말하겠습니다. "시간을 내어 이 글을 쓴 자체가 대단하다. 이러한 소재로 삶의 의미를 이끌어내려는 시도 자체가 빛난다." 그런 다음 아쉬운 점을 짚어드리겠습니다.

⌒⌒⌒
## 평을 어떻게 받아들이면 좋을까

타인의 평이란 글쓴이 입장에서는 야누스 같은 존재입니다. 한쪽에는 기대심이 다른 한쪽에는 긴장감이나 반감이 드리워 있습니다. 합평을 할 때 모두가 같은 방식을 취하진 않습니다. 성향에 따라 단점 중심으로 평하는 사람도 있고, 장점만 말해주는 사람이 있습니다. 어느 쪽이든 부작용이 있습니다. 듣는 사람이 잘 판단해야 합니다. '아이고 되게 쓰다' 하면서 단점 지적에 귀를 닫으면 내 글이 발전할 리 없겠죠. 자신의 글에 거리를 두고 찬찬히 그 지적을 살펴보면 좋겠습니다. 그렇다고 모든 단점 지적에 옳다고만 하는 자세도 문제가 있습니다. 내 글을 가장 많이 읽은 사람은 그래도 나입니다. 무슨 말을 하고 싶은지를 가장 정확하게 아는 사람도 자기 자신입니다. 글을 쓰면서 확신을 얻은 포인트가 있다면, 설령 그에 대해 안 좋은 지적을 받아도 고수하는 지은이만의 뚝심이 필요합니다.

　장점을 들을 때에도 주의가 필요합니다. 칭찬은 얼마나 달콤한가요. 죽을 때까지 칭찬의 바다에서 헤엄을 쳐도 결코 지치지 않을 겁니다. 그래서 문제입니다. 칭찬만 해주는 사람이 있다면, 그분은 부딪침이 버거운 평화주의자입니다. 칭찬도 가려들어야 하고, 그것에 거리를 두어 숙고해봐야 합니다.

　자 그러면 이제 합평 결과까지 적용한 최종 글을 아래와 같이 공개해보겠습니다.

### 첫 단추는 잘못 끼워도 된다

존 레논의 목소리가 귓전에서 울렸다. 렛 잇 비. 렛 잇 비. 그가 자꾸 그냥 두라고 노래했다. 눈이 번쩍 떠졌을 때 아침 8시가 넘어 있었다. 도저히 내 몸뚱어리를 '렛 잇 비' 할 수 없었다. 출근 속도를 높이기 위해 고양이세수만 하고 집을 나섰다. 출근 지하철, 여느 때와 달리 사람이 많은 건 신경 쓰이지 않았다. 조급해지기만 했다. 마음 같아서는 지하철 안에서 전력 질주라도 하고 싶었다.

30분 늦게 도착하니 우리 팀은 제3차 세계대전에 앞선 군사 전략 주간회의를 하고 있었다. 팀장이 이만저만 화가 난 게 아니었다. 지각은 분명 내 잘못이지만 나 하나 좀 늦는다고 전략을 세우지 못하는 것도 아니고 그렇게 노발대발할 일인가.

하루를 경황없이 시작했더니 업무 처리도 원활하게 느껴지지 않았다. 늘 하던 일을 하는데도 실수가 속출했다. 메일을 엉뚱한 거래처에 보냈고, 제출한 결재 서류 날짜도 틀리고, 동료의 말이 한 번에 이해되지 않기도 했다. 그럴 때마다 업무 집중력이 더 떨어졌다. 간신히 일과를 마치고 퇴근하니 아무 의욕이 없었다. 저녁 식사도 거른 채 거름뱅이 꼴로 티브이만 보다가 일찍 잠자리에 들었다. 첫 단추 잘 끼워야 한단 속담이 괜히 나온 게 아닌가 보다.

그 드라마는 어쩌자고 그렇게 재미있어서 한 직장인의 하루를 이렇게 흔들어놓을까. 조너선 갓셜이 쓴 《스토리텔링 애니멀》이라는 책을 보면, 이야기를 코카인 같은 '마약'이라고 칭한다. 지루하고 가혹한 현실에서 도피하기 위한 쓸모없는 마약이라는 갓셜의 주장에는 동의하기 어렵지만, 도저히 멈출 수가 없었으니 중독 상태는 맞았던 듯하다. 나와 같은 경험을 한 사람이 있다면 우리가 일일 마약 중독자가 된 건 맞는다. 마약인 줄 몰랐는데 나인들 어쩌겠는가. 다만 나는 딱 한 번 중독됐고 지각했을 뿐이다.

생각해보면 참 야멸찬 일이다. 아침 출근, 그 첫 단추 한 번 잘못 잠갔다고 이후로 죽 엉망이 되다니. 왜 얼른 풀고 다시 채우면 된다거나, 시원하게 열고 다니라는 속담은 없을까? 우리 사회가 그렇게 엄격하지 않고 그런 반대 속담도 있다면 어쩌면 오늘 지각은 했어도 이렇게 부작용이 심한 하루를 보내진 않았을지도 모른다. 그랬다면 오늘 밤 이렇게까지 패잔병 꼴로 티브이 앞에 있진 않을 텐데.

계획에서 어긋나는 상황이 생긴다 해도 뭐든 생각하기 나름이므로 생각의 전환을 빨리 하는 사람이 앞으로 나아가고 자신을 좀 더 사랑할 수 있는 것 아닐까. 만약 어떤 일을 시작하는 시점에서 부족하거나 잘못된 점이 발견된다면 당황하지 말자. 처음부터 다시 시작하거나 전혀 다른 결과물로 만들어보는 것도 좋은 선택이다. 존 레논이 우리 팀장이었다면 첫 단추쯤은 '렛 잇 비' 하라고 하지 않았을까?

제목이 바뀌었고, 주로 도입부의 비유와 유머를 많이 들어
냈습니다. 더 깊이 있는 주제로 바꿔보는 시도는 하지 않았습
니다. 이 글의 지은이는 이 정도로 만족하는 소재니까요.

## 합평 모임의 내외적 요건

『질문하는 독서의 힘』『온라인 책 모임 잘하는 법』등 원
활한 글쓰기 모임이나 독서 모임을 위한 비법서가 의외로 많
습니다. 에세이 합평 모임 역시 그러한 책에서 힌트를 얻어
서 구체적인 기준을 세워두시면 좋겠습니다. 우선 모임 횟수,
장소, 시간 등이 중요하겠지요. 이런 외적인 요건은 구성원이
잘 합의하면 됩니다. 요즘은 화상 회의 플랫폼으로도 모임이
이뤄지고, 온라인 카페나 단체 대화방 같은 경로로도 왕성하
게 모임이 진행됩니다.

에세이 합평 모임은 소설 쓰기 모임과 달리 큰 틀에서 접
근할 수 있는 주제나 소재가 있으면 좋다고 생각합니다. 우리
예시 글이 나온 배경이 무엇인지 생각해볼까요? 어느 직장인
의 하루가 소재였지요. 어쩌면 위 글은 '밥벌이'라는 소재로
글을 써 오기로 한 모임에서 나온 것일 수 있겠네요. 혹은 생

각에 깊이를 더하기 위한 기술을 써보자는 차원에서 '속담'을 비틀어보는 에세이를 써보자고 제안했을 수도 있지요. 혹은 '드라마'라는 키워드를 넣어 자유롭게 글 한 편을 써 오자고 했을 수도 있습니다. 네, '키워드 글쓰기'도 작문 모임에서 널리 애용되는 방법입니다. 한 편의 에세이에 그 키워드만 들어간다면 어떤 소재든, 어떤 주제든 상관없다는 규칙을 정하면 좀 더 자유로운 글쓰기가 됩니다. 이처럼 주제나 소재 정하기가 바로 모임의 내적인 요건이 됩니다.

이 책에서 추천하는 합평 모임의 내적인 요건은 '좋은 에세이의 특징을 더해보기'입니다. 우리 예시 글은 좋은 에세이의 특징을 모두 때려 넣어보자는 차원에서 쓰였지만, 모든 글에 이 모든 특징이 적절하게 다 들어가기란 현실적으로 어렵습니다. 따라서 몇몇 특징에 주력해 한 편의 글을 완성하는 것도 좋은 방법이 됩니다. 가령, 이렇게 모임 회차별로 나누어보면 어떨까요?

① 일상다반사로 에세이 쓰기
② 나만이 경험한 특별한 소재로 에세이 쓰기
③ 유머가 있는 에세이 쓰기
④ 정보와 지식을 담은 에세이 쓰기

⑤ 과학 수필이나 철학 수필 같은 중수필 쓰기

⑥ 다양한 비유를 가미한 에세이 쓰기

⑦ 장문과 단문이 적절히 이어지는 에세이 쓰기

⑧ 생소한 단어를 적절히 넣어 써보기 (리듬감 있는 형용사
　 나 부사는 하나씩 꼭 넣기)

⑨ 첫 문장과 끝 문장에 힘을 주는 에세이 쓰기


한 편의 글에 한 가지 특징만 담자는 뜻은 아닙니다. 이미 어떤 분들은 각각의 특징을 자유자재로 한 편의 글에 담을 줄 압니다. 다만, 모임 회차별로 하나의 특징에 주력해 그 점이 가장 도드라지는 에세이를 써보기로 한다면 그 특징이 적절하게 녹아 들어가며 글이 달라지는 것을 경험할 수 있습니다. 이제 막 에세이 쓰기에 도전하는 분이나, 일부 특징을 담는 데에 어려움을 느끼는 분들께는 이런 방식의 합평 모임이 더욱 도움이 됩니다.

# 10장

# 꾸준히 에세이 쓰는 습관

지속적인 글쓰기에 동력이 되어주는 건 무엇일까요? 우선 하고 싶은 말이 많으면 좋겠습니다. 이 얘기도 써보고 싶고, 저 소재도 다뤄보고 싶고, 꼬리를 물듯 의욕이 흘러넘치면 쓰지 않고는 못 배기겠지요. 책 한 권 분량도 뚝딱 나옵니다.

문제는 '쓰고는 싶은데 하고 싶은 말이 없는' 상황입니다. 쓰기 자체는 하고 싶지만 하고 싶은 말이 없을 수도 있는 건가, 누군가는 이런 의문이 들 법도 하지요. 의외로 많은 분이 이런 고민을 토로하십니다. 저는 여러 번 이런 고민을 들었고, 그래서 숙고해보았습니다. 대체 왜일까? 글이라는 건 모름지기 멋진 소재로 완벽하게 써야 한다는 생각 때문은 아닐까?

반면 한번 쓰면 완성도 높은 글을 만들어내는데도 지속적으로 쓰지 못하는 분도 있습니다. 의욕과 재능은 있지만 하루하루의 삶에 충실하다 보면, 당장 밥은 먹여주지 않는 글쓰기가 후순위에 밀리기 쉽습니다. 급한 일들을 처리하고 늦은 저녁이 되면 우리 몸은 급격히 피곤해서 눕기 본능을 이기지 못합니다.

우리는 이미 9장에서 지속적인 글쓰기에 도움이 되는 합평의 이모저모를 살펴보기는 했습니다. 누군가와 함께 쓰고 읽어주고 평해준다는 건 중도에 하차하지 않도록 큰 힘이 되어줍니다. 다만, 이제 막 에세이를 쓰고자 하시는 분들은 지인이나 아직은 낯선 이가 내 글을 읽고 평가한다는 자체에 큰 부담을 느끼기도 합니다. 이런 분들께 제가 미약하게나 해드릴 수 있는 조언은 세 단어로 축약됩니다. '공개' '소통' '출간'이 그것입니다. 온라인상에 공개하고, 불특정 독자와 소통하고, 출간까지 염두에 두어본다면 자의만으로 움직이느라 도통 성실하지 못했던 글쓰기 생활에 타의가 작용하고, 자의와 타의가 만나 큰 동력이 형성됩니다. 이미 여러분 마음과 머릿속에 다 있는 흔하지만 귀한 전략입니다.

## 온라인 글 :
### 불특정 다수에게 공개하고 소통하기

요즘이 얼마나 개인을 존중하는 시대인지는 블로그만 운영해봐도 압니다. 한 블로그에 아무 글이나 쓴 뒤 게시하려고 할 때 눌러야 하는 버튼명이 무엇인지 아시나요? "발행"입니다. 한 연재 플랫폼에는 글을 올리려면 아예 작가 신청을 해 승인을 받아야 합니다. 절차는 매우 간단하지만 '작가 신청'이라는 단계를 거침으로써 글을 쓸 이들의 마음가짐을 다잡아줍니다. 이곳에서도 글을 올리려면 발행 버튼을 눌러야 합니다. 게시가 아니라 발행이라니, 저는 매우 근사한 장치라고 생각했습니다. 자신의 글이 발행된다는 표현은 내 글이 매우 존중받고 있다는 느낌을 줍니다. 저는 합평 경험은 적지만 용감하고 무식하게 온라인에 글을 올려 얼굴도 모르는 이웃들과 소통한 경험은 제법 있습니다.

웃기고 싶어서 작정한 글에 블로그 이웃들이 재미있다고 덧글을 달아주면 신이 났고, 제 정치적 문화적 성향을 드러내는 글에 이웃들이 지지를 보여주면 든든한 친구를 얻은 기분이었습니다. 한 번도 만난 적이 없고, 본명과 얼굴도 모르지만 저는 그분들이 소중하지 않다고 생각한 적이 없습니다. 그

분들이 있었기에 오랫동안 블로그에 글을 썼고, 모 연재 플랫폼에 《난데없이 도스토옙스키》를 연재했고, 그 연재가 출간으로까지 이어졌습니다. 온라인과 오프라인의 경계가 무너지는 요즘은 이러한 상호작용이 더욱 활발해지고 있습니다.

## 일기와 리뷰 :
## 매일 조금씩 쓰는 연습

아직 무엇을 써야 할지 모르겠는 분에게 가장 손쉬운 글쓰기는 '일기'입니다. 처음에는 단순 사실 나열도 괜찮습니다. 무슨 일을 했고, 어떤 일이 있었고, 이런 기분이었다 정도로만 써도 괜찮습니다. 우리 예시 글의 가장 처음 모습처럼요. 다만 그 글을 누구나 읽을 수 있는 곳에 공개하시면 좋겠습니다. 블로그도 좋고, 요즘 유행인 소셜 미디어도 좋습니다.

그렇게 하루하루를 기록하다 보면 어느 날은 그날의 일을 좀 더 상세히 기록하게 되고, 거기에 감정을 싣게 되고, 결국 자신의 생각까지 정리하게 됩니다. 사실 기록이 사실과 감정과 생각의 기록으로 나아갑니다.

감정과 생각이 담기기 시작하면 여러분의 글에 누군가 반응하기 시작할 겁니다. 독자가 생기는 거지요. 그때부터 그 글은 열쇠가 채워진 비밀일기가 아닌, 타인에게 내 일상을 보여주는 에세이가 됩니다. 일상의 기록은 개인의 기록으로서도 충분히 의미가 있겠지만, 타인과 소통하며 남기는 내 일상은 더욱 선명한 기억으로 남습니다.

일기가 부담스러운 이들에겐 리뷰 쓰기를 추천합니다. 내 사생활을 드러내기 싫은 사람도 콘텐츠 감상평을 쓰는 건 조금 덜 어렵게 느낄 만합니다. 독후감이어도 좋고, 드라마나 영화 감상평도 좋습니다. 전시회나 공연 감상 후기도 좋습니다. 어떤 콘텐츠든 접하고 나면 리뷰를 공식적으로 남겨보면 좋겠습니다.

일기 쓰기도 힘든데 무슨 리뷰냐? 이런 걱정이 드시는 분들이라면 100자평부터 시작해보시라고 추천합니다. 최대한 단순하게 어떤 감정과 생각이 들었는지 짧게 써보는 거지요. 그러다 보면 누군가 반응을 보일 겁니다. 나도 이 드라마가 좋았다거나, 재미있을 것 같다거나 하는 피드백을 받게 되면 리뷰를 쓰는 마음이 조금씩 달라집니다.

나와 같은 콘텐츠를 보는 이들에게 좀 더 자세하고 정확한 정보를 전달하고 싶어지고, 내 감상평이 객관적인지 돌아보며 글을 보완하게 됩니다. 좀 더 많은 반응을 해주길 바라게 되고요. 아무 댓글 없이 '좋아요'만 슬쩍 누르고 가는 사람도 있겠죠. 그것 역시 누군가 내 글을 보고 있다는 사인이므로, 이제는 독자를 의식하는 리뷰를 쓰게 됩니다. 누군가 내 글을 꾸준히 보고 있다는 사실, 내 글로 누군가와 소통하는 건 지속적인 에세이 쓰기에 도움이 됩니다.

︵︵︵

출간용 원고 :
책이 되는 원고의 3가지 특징

지속적인 에세이 쓰기의 가장 강력한 동기는 뭐니 뭐니 해도 출간입니다. 손사래를 치며 나는 출간은 생각도 안 했다고 말씀하시는 분도 있을 테지요. 그런 겸손하고 소박한 마음도 이해가 됩니다만, 만약 내 글 실력이 계속 좋아지면서 많은 사람에게 좋은 영향을 미치고 있다면, 그걸 알면서도 출간을 염두에 두지 않는다면, 농사 다 지어놓고 수확하지 않겠다는 농부처럼 직무 유기하시는 겁니다.

만인이 작가인 시대입니다. 글을 쓰다 보면 자신의 글이 묶인 책을 내고 싶어지는 게 루틴입니다. 나는 죽어도 책은 안 내겠다고 결심하셨다면, 상상 출간이라도 해보면서 쓰면 좋겠습니다. 내 글이 활자가 된다고 생각하면 마음가짐도 글의 수준도 확 달라지기 때문입니다.

자 그렇다면, 책을 낸다고 생각하면서 에세이를 쓴다는 건 무엇을 의미할까요? 우리는 이미 좋은 에세이의 특징을 더해가는 과정을 통해 알고 있습니다. 복습 차원에서 간략하게 짚어볼까요.

## 1. 구체적으로 독자를 생각하기

에세이라는, 나의 이 사적인 글을 누가 읽을까를 생각해보는 겁니다. 자기 글의 제1독자는 글쓴이 자신이지요. 내가 어떤 사람인지 객관화해 생각해보면, 이 글에 어떤 사람들이 관심을 보일지 희미하게나마 윤곽을 그릴 수 있습니다. 또 내 글을 나만이 아닌 타인이 읽는다고 생각하는 순간 문체도, 사용하는 어휘도, 소재도 변화됩니다.

저는 이런 변화를 '흐름'이라고 표현하고 싶습니다. 혼자서만 읽는다고 생각하면서 쓰는 글, 혹은 자기감정과 생각에 너무 깊이 몰입한 나머지 자기와의 거리가 제로에 가까워지는 글은 물구멍이 막힌 상태와 같습니다. 독자에게로 흐르지 못하고 고여만 있게 되지요. 내가 타인의 글을 읽을 때를 생각해보면 좀 더 이해하기 쉽습니다. 나는 어떤 글에 매력을 느끼나요? 그 글에 담긴 생각과 감정은 왜 그 안에 고여 있지 않고 나에게 흘러와 나의 무언가를 건드렸을까요? 여러분의 글도 그렇게 흐르는 글이 되도록 나라는 사람과 내 글을 읽는 독자를 연결 지어보시면 좋겠습니다. 그러면 글쓴이의 무언가가 담긴 그 글은 흐르고 흘러서 독자의 삶에 가닿습니다.

### 2. 콘셉트 분명히 하기

"야 너 지금 컨셉이 뭐냐?" 이런 말 많이 들어보셨지요? 사람은 이처럼 상대가 뭘 표현하고 싶어 하는지 파악하려는 습성이 있습니다. 그래야 자신이 어떻게 대응할지 결정할 수 있으니까요. 글로 생각과 감정을 정리하는 에세이라면 말해 무엇 하겠습니까. 이 글이 뭘 말하는 건지 알아야 읽을지 말지 결정할 수 있습니다.

내 글이 책이 된다고 생각할 때 가장 먼저 할 일은 내가 무엇을 말고 싶은가입니다. 이건 모든 글의 기본입니다. 흔히 이 콘셉트를 주제 의식이라고 합니다. 처음부터 주제 의식을 가지고 쓸 수도 있고, 쓰다 보니 내 글 전체를 관통하는 주제가 발견될 수도 있습니다.

콘셉트가 정리되었다면 그다음은 소재입니다. 한 가지 소재로 집요하게 그 주제를 드러내는 전략, 다양한 소재를 다루어 그 주제에 다각도로 접근하는 전략으로 나뉩니다.

그다음에 생각해볼 건 형식입니다. 일기처럼 내밀해 보이도록 할지, 편지처럼 말을 건네듯 보여줄지, 비평처럼 논리적으로 전개할지, 심리학서처럼 분석하고 위로해줄지, 자기계발서처럼 투 두 리스트를 제공할지. 1장에서 말씀드렸듯이 에세이는 동그란 그릇에 담으면 동그래지고, 네모난 그릇에 담으면 네모내지는 유연한 장르이므로 콘셉트를 효과적으로 드러낼 만한 형식을 자유롭게 취하시면 됩니다.

《난데없이 도스토옙스키》의 콘셉트는 "고전이 평범한 개인의 삶에 어떤 위로와 재미를 주는지, 어떤 식으로 처세술까지 전달하는지 독서 에세이로 풀어낸다"입니다. 이를 잘 보여주기 위해 소재는 '도스토옙스키'로 하나로 한정해 이 콘셉트에 스토커처럼 달라붙었습니다. 동시에 자기계발서 형식을 약간 가미해 원고 제목들에 "~법"도 많이 넣었습니다. 고전이 미치는 영향이 얼마나 실제적인지 제목의 형식으로 보여주고 싶었기 때문입니다.

물론 콘셉트와 소재와 형식을 처음부터 꼭 정하고 쓰란 법은 없습니다. 쓰다 보니 방향이 보이고, 그 방향으로 중간부터 밀고 나가게 되는 경우가 더 많다고 생각됩니다. 어떤 경우이든 콘셉트가 정해지면, 그 콘셉트를 강화하기 위한 소재와 형식을 점검해보면 좋겠습니다. 그것이 출간에 한 걸음 더 다가가는 에세이 쓰기가 되고, 지속적인 쓰기에 동력이 되어

줍니다.

### 3. 출판사 눈에 드는 투고법

고백하자면, 제가 출판사 눈에 드는 투고법을 잘 아는 건 아닙니다. 태어나서 해본 투고는 총 세 번입니다. 첫 번째는 《난데없이 도스토옙스키》 때였습니다. 웹 플랫폼 연재 초반에 한 출판사로부터 출간 제안을 받긴 했는데, 중요한 포인트에서 서로 의견이 맞지 않아 중단되었습니다. 아쉬운 마음에 다른 출판사에 투고해보았으나 아쉽게도 반려되었어요. 이런 경험이 피가 되고 살이 돼, 그다음 출간 제안이 왔을 때에는 좀 더 의욕적으로 담당자분들을 대할 수 있었습니다.

두 번째 투고는 바로 이 책 원고를 보내본 때였습니다. 운 좋게도 몇몇 출판사에서 연락을 주셨습니다. 저는 복권에 당첨된 줄 알았습니다. 편집자로 오래 일해오긴 했지만 투고 원고를 세심하게 관리할 수 있는 환경에 몸담아 본 적이 없었기 때문입니다.

세 번째는 이 책의 투고가 출간으로 이어지고 난 뒤 신이 나서 쓴 에세이를 몇몇 출판사에 투고한 경험입니다. 감사하게도 이 에세이 역시 출간 계약으로 이어졌습니다.

이처럼 비록 경험이 몇 번 안 되는 저이지만, 편집자로 일하면서 너무나 바쁜 와중에도 눈에 들어와 연락을 취할 수밖에 없었던 투고 원고 사례와, 출간 계약까지 성공했던 두 번의 경험을 반추해보며 어떻게 투고하면 좋을지 나름의 노하우를 정리해보겠습니다. 이 노하우가 정도나 정답은 아니겠으나 참고 사례 중 하나는 되리라고 봅니다.

**제목이 전부다**

여기서 제목은 메일 제목과 투고 원고 제목 둘 다를 의미합니다. 메일 제목에 투고라는 사실, 어떤 분야의 원고인지가 한 번에 드러나야 합니다. 제가 더퀘스트에 이 책의 원고를 투고했을 때 메일 제목은 "[투고] 좋은 에세이 쓰는 법(도제희)"였습니다. 투고라는 사실과 작법서 원고라는 점이 한 번에 드러나 있지요. 이름을 쓴 이유는 메일 목록에서 제목만 보고도 어떤 작가의 어떤 원고라는 점이 전달되길 바랐기 때문입니다.

다만, 에세이는 이렇게 제목으로 모든 걸 전달하는 데에 한계가 있습니다. 에세이 제목은 보통 비유적이고 은유적이고 상징적인 경우가 많고, 투고하시는 분들은 문학적인 제목을 지어야 한다는 압박감 때문에 지나치게 문학적인 제목을 붙이는 경우가 많아서 어떤 분야인지 단번에 드러내기 힘듭니다. 저는 강렬한 제목으로 지으면 좋겠다고 말씀드립니다.

가제를 카피라 생각하고 자기 원고의 키워드를 넣어서 셀링 포인트를 전달하라는 뜻입니다. 그렇다면 어떤 제목이 강렬한 걸까요? 스테디셀러와 실제 사례 중 투고 원고 제목으로도 적당한 제목들을 메일 제목으로 꾸며서 한번 볼까요.

① [투고] 죽고 싶지만 떡볶이는 먹고 싶어 (정신상담 에세이/ 백세희)
② [투고] 달리기를 말할 때 내가 하고 싶은 이야기(운동, 심리 에세이/하루키)
③ [투고] 오늘만큼은 내 편이 되어주기로 했다 (자기수호 에세이 / 권민창)
④ [투고] 불안 (사회심리학 에세이 / 알랭 드 보통)
⑤ [투고] 난데없이 특공무술 : 생활체육이 가르쳐준 인생 팁(운동에세이, 도제희)

①은 떡볶이처럼 자극적이고 귀여운 제목입니다. 죽고 싶은데 이상하게 뭐가 먹고 싶다는 슬프고도 웃긴 심리를 모순된 표현으로 잘 담아냈고, 떡볶이라는 음식이 주는 미각적 자극까지 더해져서 이 제목은 시선을 끕니다. 제목만 보면 소설인가, 에세이인가 싶다가 괄호에 정보를 주고 있기 때문에 궁

금증이 해소되죠. 더욱이 개인의 정신건강이 그 어느 때보다 관심을 받는 현 추세에 소재 또한 시의적절합니다. 좋은 에세이 원고를 찾고 있는 출판사라면 이건 클릭 각입니다.

②는 '달리기'라는 주요 소재가 전면에 드러나 있습니다. 이 제목은 소설 제목으로도 손색이 없습니다. 하지만 괄호에 분야 정보를 넣어줌으로써 1차적 궁금증을 해소해줍니다. 요즘 홈트레이닝은 물론 이색적인 취미 운동을 소재로 한 에세이가 많죠. 거기에 심리까지 다룬다고 하니 분야가 교차되는 에세이라는 정보가 전달됩니다. 이 역시 관심을 살 만한 제목입니다. 더욱이 이 제목은 궁금증을 자아내는 문학적인 제목입니다. 달리기요? 근데 무슨 얘기 하고 싶은데요? 심리까지? 뭔가 편집자는 자연스럽게 이렇게 생각하게 되는 제목이랄까요.

③은 딱 봐도 에세이 제목이지요. 더욱이 몇 년째 계속 주목받고 있는 관계와 일에 지친 나를 보호해주자 에세이로 대번에 분류됩니다. 이 주제가 계속 사랑받는 한 에세이 담당 편집자는 이 제목의 메일을 한 번 더 볼 수밖에 없습니다. 이때의 유의점은 트렌드를 반영하고 있는 만큼 레드 오션이기 때문에 변별점을 어디에든 드러내야 한다는 겁니다. 그래서 저는 우선 메일 제목에 '자기위로'라는 말보다 '자기수호'라

는 말을 써보았습니다. 비슷한 표현이지만 약간만 달리 해도 아 좀 다른가 싶어 클릭해볼 수 있습니다.

④는 함축적인 제목입니다. 소설 제목 같기도, 시 제목 같기도, 심리학 제목 같기도 하지요. 분야 명시가 필수인 제목이지만, '불안'이라는 키워드는 현대인의 심리를 상징적으로 보여주기 때문에 주목을 끕니다. 하지만 단지 불안을 토로하기만 한 글일 확률도 있어서 클릭으로 연결되기엔 제목만으론 부족합니다. 어떤 점에서 변별되는지를 드러내주어야 하는데요, 예에서는 '사회심리학 에세이'라는 점이 눈길을 끕니다. 개인의 불안 심리를 사회학적 관점에서 접근한 에세이구나, 재밌겠는걸, 이런 반응이 자동으로 나오는 투고 제목입니다.

⑤는 아직 출간된 책은 아니지만 실제로 투고가 출간으로 이어진 사례입니다. 올해 생활체육인이 되어 그 운동에 깊이 빠져 있던 저는 에세이 한 편을 써서 몇몇 출판사에 투고했습니다. 이 투고 메일 제목에 대한 확신은 없었지만 '특공무술'이라는 소재가 조금 독특하니 인상적으로 가닿을지도 모른다는 기대가 있었습니다. 다만, 특공무술은 대중에겐 생소한 운동일 수 있기에 '난데없다'라는 수식을 넣어서 누구에게나 생소한 운동일 수 있다는 느낌을 추가해보았습니다. 이 투고 메일 제목의 특이점은 부제입니다. 굳이 부제까지 넣은 이유

는 제목과 운동에세이라는 정보만으로는 이 책을 단번에 파악하기 어렵다고 느껴서였습니다. 카피를 제목에 넣은 셈입니다.

제가 일하는 출판사는 늘 출간 대기 원고가 넘쳐서 사실 투고 원고에 쓸 여력이 부족합니다. 제목을 보고 일차로 걸러낼 수밖에 없습니다. 회사가 취급하지 않는 장르는 일단 열어보지 않습니다. 제목에서 제가 말한 요건들이 드러나지 않는 투고 원고도 열어보지 않습니다. 글의 방향도 모호할 확률이 높기 때문이지요. 괜찮은 가제가 메일 제목에 들어가 있고, 장르도 명시돼 있으면 일단 열어봅니다. 그리고 기획안과 저자 프로필과 원고 첫 장을 봅니다. 거기에서 다 결정됩니다. 이런 기준으로 제가 계약을 성사한 투고 원고는 에세이가 아닌 인문 실용서였습니다. 에세이를 주력해서 내는 출판사가 아닌 탓도 있는데요, 많은 에세이 투고 원고들이 메일 제목과 가제에서 대다수 탈락하는 이유도 있습니다.

제목은 편집자가 알아서 정해주는 거 아니냐고 생각하실지도 모르겠습니다. 맞습니다. 편집자는 정말 제목으로 수많은 밤을 지새울 정도는 아니라도 많은 고민을 합니다. 제목 확정이라고 해놓고 여러 번 번복하기도 합니다. 그래서 가제가 중요합니다. 가제에서 책의 주제와 소재와 분야와 방향성이 확실히 잡혀 있으면 그만큼 좋은 후보 제목이 나올 확률이 높습니다. 어떤 가제는 그대로 제목이 되기도 하는 건 가제가 얼마나 중요한지 보여주고 있습니다.

이렇게까지 제목을 강조하는 이유는 현실적인 문제도 있습니다. 우리나라 출판사의 90퍼센트 이상이 20인 이하의 소규모로 운영되고 있으며, 보통의 편집자들은 기획자이자 교정교열자, 윤문가이자 대필 작가, 제작 관리자이자 마케터, 에이전트 역할까지 병행하는 경우가 태반입니다. 이에 열심히 일하는 편집자는 업무 처리 시간이 부족하게 마련이고, 자연히 투고 원고에 집중할 시간이 부족합니다. 대형 출판사는 투고 원고 담당자가 따로 있다고도 하지만, 전반적인 규모 비율을 감안하면 내 투고 원고는 20인 미만의 소형 출판사에서 출간될 확률이 더 높겠지요. 투고는 그냥 제목이 다 한다고 생각하시면 됩니다.

### 기획안과 목차

기획안은 분야, 기획 의도, 콘셉트, 목차, 경쟁 도서. 저자 프로필을 넣어 간단히 써주시면 좋겠습니다. 꼭 필요한 정보만 A4 한 장 많아도 두 장 분량으로 집약해 넣어주셔야 좋습니다. 계속 강조하게 되는 점인데요, 1인 다역인 편집자는 바뺄 수밖에 없고, 기나긴 기획안은 편집자를 압박하는 나머지 회피 본능까지 일깨워주는데, 대개 이 바쁜 편집자가 좋은 책을 만드니까요.

유사 도서, 즉 경쟁 도서로는 무엇이 있는지 언급해주셔도 좋겠습니다. 유사도서가 있다는 건 이 주제와 소재에 대중의 관심이 있다는 뜻이 됩니다. 다만 이때 자신의 원고가 그 도서들과 어떤 점에서 변별되는지 짚어주셔야 합니다. 똑같은 책을 굳이 내고 싶어 하는 출판사는 없습니다. 만약 유사 도서가 없다면, 그것도 좋습니다. "국내 최초"라는 클래식한 카피를 붙일 수 있다는 뜻이니까요. 이때 국내 최초이기만 해서는 안 되겠지요. 독자 니즈가 있는 분야에서 최초여야 합니다. 굳이 책으로 사서 보지 않을 내용의 국내 최초는 의미가 없습니다.

목차는 꼭 넣어주셔야 좋습니다. 편집자는 원고를 다 읽고 결정하지 않습니다. 제목과 기획안과 원고 한두 편만 보고 끝까지 읽어볼지 혹은 저자에게 연락할지 여부를 결정하기에 목차가 참 중요합니다. 내 원고에 얼마나 포동포동하면서도 단단하면서도 재미있는 글이 담겨 있는지 목차에서 보여주어야 합니다. 따라서 장제나 소제도 책 제목과 호응하도록 잘 잡으면 좋겠죠. 책의 성격에 따라 강렬한 카피처럼 장제를 잡을 수도 있고, 필요한 정보를 키워드 중심으로 넣을 수도 있습니다. 우리는 이미 5장「결국 모든 길은 제목으로 통한다」에서 이를 다루었으니, 어떤 제목들이 좋을지는 다시 확인해 주시면 감사하겠습니다.

그다음엔 저자 프로필이 중요합니다. 이러한 원고를 쓴 이유야 기획 의도에서 이미 드러나겠지만 저자 프로필에서도 엿볼 수 있어야 좋습니다. 생물학을 전공하신 분이 과학 에세이를 썼다면 일단 전문성은 담보돼 있겠다는 신뢰를 줍니다. 공장 노동자가 노동 에세이를 썼다면 현장감이 살아 있겠다는 믿음을 주겠지요. 정신건강의학과 상담을 받은 사람이 상담 일지를 쓴 것도 경험담이란 면에서 신뢰가 갑니다. 만약 해당 주제로 강연을 하는 사람이라면, 아 이 저자를 통해 책이 자연스럽게 알려질 수 있겠다는 판매 전략상의 힌트를 주기도 합니다. 이 원고를 쓸 수밖에 없었던 자기 자신을 프로필에 진솔하면서도 간략하게 잘 담아보세요.

이때 당부드리고 싶은 점은, '출간과 동시에 저자인 내가 300권 사겠다, 솔깃하지 않냐?' 이런 정보는 빼라는 겁니다. 얻어들은 이야기 중엔, 출판사 투고법을 알려주시는 전문가들이 있다고 하더군요. 그분들이 바로 300권 살 수 있다고 적으라고 한다고요. 물론 그런 출판사도 있겠죠. 저자가 300권을 사면 출판사와 편집자는 고맙기도 하겠죠. 그러나 책의 기본은 '좋은 원고'입니다. 에세이집의 기본도 '좋은 원고'입니다. 좋은 에세이가 무엇인지 우리는 1장에서 살펴보았습니다.

그렇다면 저는 어떤 기획안으로 투고했는지 궁금하실 법도 합니다. 이 책의 경우엔 기획안을 따로 첨부하지 않았습니다. 메일에 주요 내용을 간략히 요약했습니다. 어떤 취지로 쓰인 작법서인지, 제 직업과 글쓰기 이력은 어떻게 되는지, 더퀘스트가 그간 집중하지 않은 분야이니 도전해봄이 어떨는지 제안드린 뒤 전체 원고의 20퍼센트를 첨부했습니다 (100퍼센트 보내셔도 됩니다). 물론 그 원고에는 목차가 담겨 있었고요. 메일은 최대한 짧게 쓰려고 노력했습니다. 또 다른 투고의 경우엔 기획안과 원고 50퍼센트를 첨부했습니다. 기획안에는 콘셉트, 기획 의도, 타깃 독자, 간략한 프로필, 목차를 넣었습니다. 이때도 바쁠 담당자를 생각해 A4 한 장 분량으로 정리했습니다. 이런 이심전심이 덕분인지 편집자님이 연락을 주셨습니다. 사랑합니다, 편집자님.

# 에세이를 쓰려는
# 수줍은 표현주의자들에게

인정하시면 좋겠습니다. 여기까지 읽으셨다면, 여러분은 '관
종'입니다. 타인의 시선이 느껴지지 않으면 서운해지는 사람
이지요. 지금 그게 무슨 막말이냐고 하실지 모르겠습니다. 내
가 얼마나 내성적이고, 내향적인 줄 아느냐고. 사람들의 시선
을 얼마나 부담스러워하는 줄 아느냐고. 네 맞습니다. 여러분은
참 수줍은 관종입니다. 저처럼 말입니다.

 글을 쓰고자 하는 사람이라면, 특히 에세이를 쓰고자 하는
사람이라면 자신을 드러내지 않고는 못 배기는 마음이 있다
고 생각합니다. 그건 부끄러운 일도, 남다른 면도 아닙니다.
많은 사람이 자기 이야기를 하고 싶어 합니다. 여러분 중 다
수가 말이나 몸으로 그것이 잘되지 않아서 글을 쓰고 싶어 할

따름입니다. 자기표현법으로 글쓰기를 택했고, 결과물을 세상에 내보이고 싶은 작은 소망을 품었을 뿐입니다. 이 책이 여러분의 그런 막연한 소망을 뚜렷한 욕망으로 키워드렸기를 바라봅니다.

가끔, 굉장히 흡족한 기분에 빠집니다. 글을 아는 덕분에 읽고 씁니다. 조용히 밤에 소파에 앉아 있다 보면, 할 일이 없다는 생각이 들 때가 있는데요, 그럴 때 집 안에 읽을거리들을 훑고 나면 위안이 됩니다. 세상에 책이 이렇게 많다니 나는 거부구나 이런 기분이 들기도 해요. 죽을 때까지 심심해 죽을 일은 없겠네 안도하게 되고요. 아마도 남은 인생 동안 저를 그렇게 안도시켜주는 글에는 분명 여러분의 에세이도 등장하리라 생각합니다.

뜻밖에도, 이 책을 쓰면서 많이 즐거웠습니다. 작법서, 특히 에세이 작법서를 제가 쓰리라곤 예상해본 적이 없기에 저는 뭔가 인생의 새로운 문을 열었다는 느낌을 받았습니다. 그 문을 연 덕분에 에세이에 대해 막연히 부유하던 생각이 빠른 시간 안에 정리되는 기분을 느꼈습니다.

그 과정에서 많이 배우기도 했는데요, 그것 참 아쉽더군요. 지금 아는 걸 첫 에세이집을 낼 때도 알았더라면 베스트셀러 작가가 돼 모히또에 가서 몰디브나 마시며 유유자적하는 건데 말입니다. 네, 그랬을 리가 없지요. 노하우를 실전에 대입하는 건 많은 연습이 필요한 일이니까요. 저 역시 앞으로 여러분처럼 열심히 써봐야겠다 다짐해봅니다.

세상에 수많은 작법서가 있는데도 이 글이 출간할 가치가 있다고 눈여겨보아주신 허윤정 편집팀장님께 고맙다는 말씀 드립니다. 팀장님 덕분에 저는 다시 한번 즐겁게 자신을 표현할 수 있었습니다. 어떤 독자들께는 여기에 담긴 내용이 유용했기를, 그래서 이 책에 제 몸을 내어준 나무들과 제책을 위해 애써주신 뭇 손길과 출판사의 투자와 무엇보다 편집자님의 노고가 헛되지 않기를 조심스레 희망해봅니다.

마지막으로, 탁월한 에세이가 많은데도 제 글을 종종 인용하고 예시로 든 까닭은 순전히 제가 제 글을 속속들이 알고, 무엇보다 아무 제한 없이 자유롭게 사용할 수 있어서였다는 점 말씀드리고 싶습니다. 세상은 넓고 좋은 에세이도 많아서 저는 참 감사하고 행복합니다.

# 방구석 일기도
# 에세이가 될 수 있습니다

초판 1쇄 발행 · 2022년 12월 21일

**지은이** · 도제희
**발행인** · 이종원
**발행처** · (주) 도서출판 길벗
**브랜드** · 더퀘스트
**주소** · 서울시 마포구 월드컵로 10길 56 (서교동)
**대표전화** · 02 ) 332-0931 | **팩스** · 02 ) 322-0586
**출판사 등록일** · 1990년 12월 24일
**홈페이지** · www.gilbut.co.kr | **이메일** · gilbut@gilbut.co.kr

**기획 및 책임편집** · 허윤정(rosebud@gilbut.co.kr) | **제작** · 이준호, 손일순, 이진혁
**마케팅** · 한준희, 김선영, 이지현, 류효정 | **영업관리** · 김명자 | **독자지원** · 윤정아

**디자인** · THISCOVER
**CTP 출력 및 인쇄** · 예림인쇄 | **제본** · 예림바인딩

ISBN 979-11-407-0260-2 03800
(길벗 도서번호 040223)
정가 16,000원

---

**독자의 1초를 아껴주는 정성 길벗출판사**

**(주)도서출판 길벗** | IT실용, IT/일반 수험서, 경제경영, 인문교양(더퀘스트), 취미실용, 자녀교육 www.gilbut.co.kr
**길벗이지톡** | 어학단행본, 어학수험서 www.gilbut.co.kr
**길벗스쿨** | 국어학습, 수학학습, 어린이교양, 주니어 어학학습, 교과서 www.gilbutschool.co.kr

---

**페이스북** www.facebook.com/thequestzigy
**네이버 포스트** post.naver.com/thequestbook